멋대로 라이프

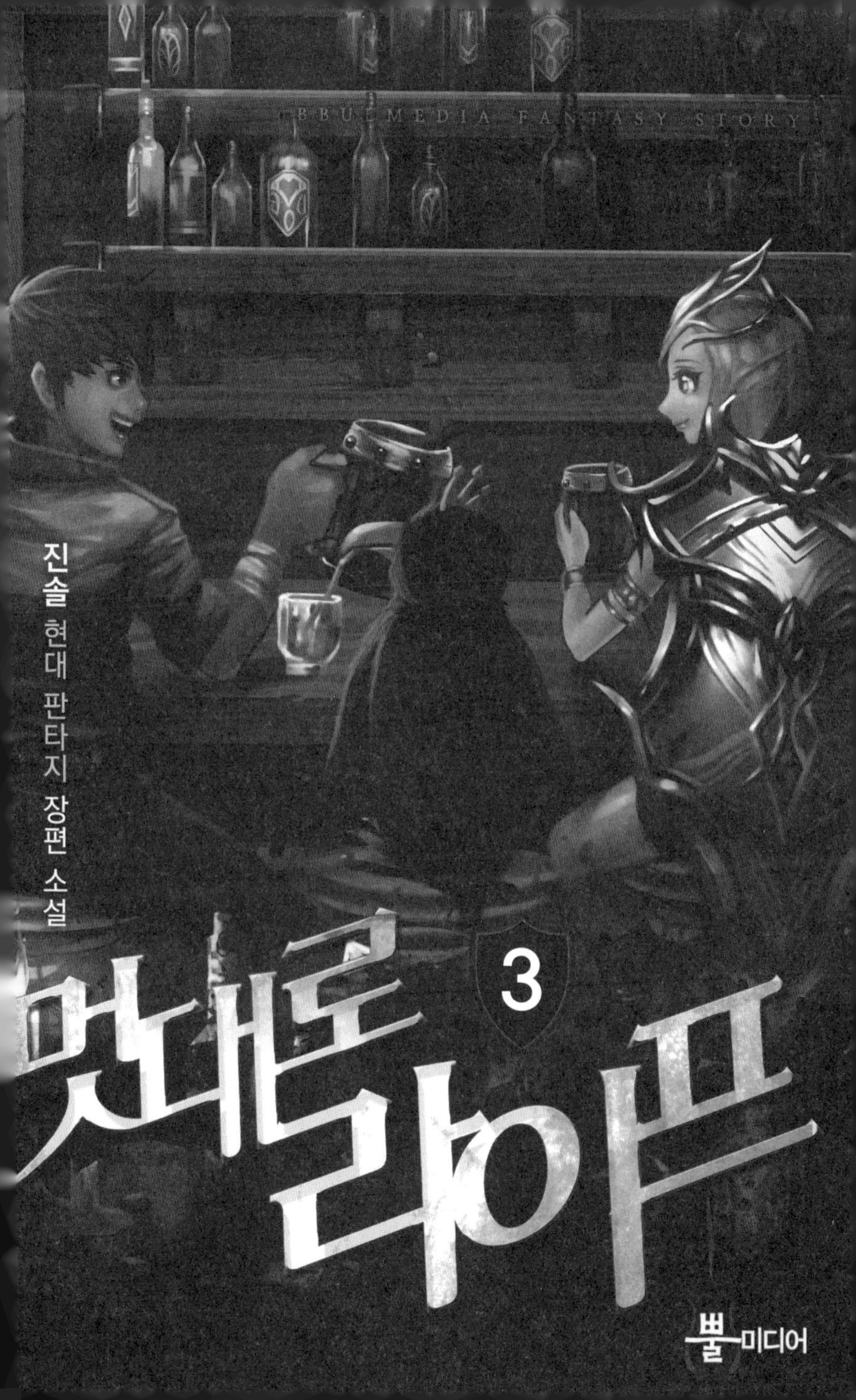
BBU MEDIA FANTASY STORY
진솔 현대 판타지 장편 소설
멋대로 라이프
3
뿔미디어

Contents

Chapter 1

엘리멘탈 파이브

다양하고 강력한 몬스터들로부터 침입을 막아내는 최전방 전초 기지인 케이안 성.

그렇지만 그 특이하고 강력한 몬스터를 노리고 모여든 모험가와 최전방의 메리트를 적극 이용하는 상인들, 그리고 괴짜 연구자들로 언제나 시끌벅적한 곳이다.

그러나 오늘은 평소와는 다른 의미로 시끌벅적한 분위기를 자아내는 중이었다.

"흐음~ 오오! 호오!"

"으오! 허엇! 흐으음……."

"……."

게임에 접속한 지도 어언 몇 시간여, 게임을 시작한 이래 처음
으로 만나보는 유저들과 새로운 NPC들의 모습은 신기하고 재
미있지만, 몇 시간이고 보는 같은 풍경이 언제까지고 즐거울 수
는 없었다.

"오오옷! 주인! 주인!"

"꺅! 저게 뭐야!"

하지만 수백 년 만에 세상 구경을 하는 펭귄과 난생처음 숲 밖
으로 나와본 한 엘프는 몇 시간 동안 반복된 전경이 질리지도
않는지, 그 속에서 각자 찾아낸 신기한 것을 가리키며 격양된
목소리로 나를 부르곤 했다.

"주인, 저, 저건……!"

"어휴……."

근 몇 시간 동안 계속되는 엠페러와의 대화 패턴이었다. 수백
년 만에 인간 세상과 문물을 접한 엠페러는 사소한 것에도 호들
갑을 떨었고, 나는 그런 엠페러의 궁금증을 풀어주는 관광 가이
드 역할을 하고 있는 중이었다.

하지만 그것도 한두 번이지, 몇 시간째 같은 패턴으로 녀석의
질문에 응답하는 것은 영 피곤한 일이었다. 게다가 엠페러가 궁
금해하는 것이 어떤 의미가 있는 특별한 것도 아니었고, 그저

눈에 들어오는 족족 처음 보는 모든 것을 신기해하고 있기에 더욱 힘들었다.

하지만 그렇다고 설명하지 않을 수도 없는 것이, 엠페러는 궁금증이 해소되기 전에는 꿈쩍도 않는 고집불통이었다. 실제로 오분 전까지 주변 좌판에 깔린 붕어빵을 보며 한참을 서성이던 녀석은 설명하기 귀찮아진 내가 아무 말이 없자 십 분이 넘도록 좌판을 맴돌며 나와 붕어빵을 번갈아 보는 것으로 무언의 압력을 가하는 치밀함까지 보였다.

물론 단순히 엠페러의 불쌍한 눈빛 정도에 굴복한 것은 아니었다. 다만, 불쌍한 분위기를 자아내며 주변의 상인들과 사람들로부터 동정의 시선을 이끌어내 나를 나쁜 놈으로 만들어가는 녀석의 수법을 버틸 재간이 없을 뿐이었다.

'그나마 사달라고 하지 않는 것을 다행이라고 해야 하나⋯⋯.'

어차피 내가 무일푼이란 것을 알고 있는 녀석이니 불가능한 부탁을 하지 않는다는 것에 위안을 삼아야 하는 건지도 몰랐다. 최소한 녀석은 붕어빵에 붕어가 들어 있지 않다는 것을 알게 된 뒤로 관심을 끊었으니 말이다.

어쨌거나 이렇게 사소한 것에 필요 이상의 관심을 두는 엠페러기에 이번에 발견한 것도 그다지 대단한 것은 아니리라 생각하며 격양된 목소리로 나를 부르는 말에도 시큰둥하게 대답했다.

"또 뭔데 그래?"

"주, 주인……! 저걸 봐라!"

나의 짜증 가득한 음성은 아랑곳하지 않는지 나를 쳐다보지도 않고 날갯짓으로 한 방향을 가리키는 엠페러의 모습에, 딱한 대만 머리를 쥐어박을까 고민하던 나는 날개를 따라 옮긴 시선에 걸린 한 여전사를 보고 그런 생각이 쏙 들어가 버렸다.

"역시… RPG 게임……!"

지금 내 눈앞에 보이는 여전사는 노출도와 성능이 비례한다는 RPG 게임의 정석에 입각한 표본과도 같은 갑옷을 입고 있고, 나와 엠페러뿐 아니라 여전사가 보이는 위치에 선 모든 남성 및 수컷들의 시선이 모두 그녀를 향해 있었다.

물론…….

"세상에! 민망하게 대체 저게 뭐람!"

"쯧쯧, 말세야, 말세……!"

여성들의 반응은 정반대이긴 했지만 말이다.

하지만 이런 여성들 중에서도 드물게 여전사의 급소를 가리는 갑옷을 보고 객관적인 평가를 하는 부류도 있었다.

"흐음… 고관절과 중요 급소들만을 보호하는 철갑 방어구라.

분명 활동성은 뛰어나지만 방어력은 기대하기 힘들고⋯ 게다가 체온 유지에도 불리할 테니 추운 지역에서는 오히려 활동성을 저해할 가능성이 높아 보이는데⋯ 숲속의 몬스터들이라면 저 정도 갑옷으로는 막는다고 한들 급소조차 보호할 수 없을 테고⋯ 차라리 우리 엘프들처럼 아예 가벼운 종류의 옷차림을 하는 게⋯⋯."

중얼중얼.

그렇게 말하는 이의 목소리는 조금 허스키할 뿐 여자임이 분명한 목소리지만, 그 외견은 음침한 누더기 로브를 뒤집어쓴 모습이었다. 때문에 그녀의 목소리를 들을 수 없는 다른 여자들은 여전사의 갑옷을 품평하는 그녀를 다른 남자들과 함께 싸잡아 욕하는 중이었다.

움찔!

때마침 주변 여성들의 시선에 우리 일행 중에도 여자가 있었음을 깨닫고 눈치를 살피려 고개를 돌리던 나는 불쑥 눈에 들어오는 누더기 괴인을 보면서 움찔 물러섰다.

'크⋯ 확실히 정체는 가려지지만⋯ 그래도 여전히 익숙하지 못하단 말이지⋯⋯.'

이 로브인의 정체는 함께 숲을 빠져나온 엘프, 벨라였다.

그녀의 본래 미모와 함께 본다면 괜찮겠지만, 길바닥에서 주워 걸친 누더기 로브를 입은 채 여전사를 샅샅이 훑어보며 무언가를 중얼거리는 그녀의 모습은 성별에 상관없이 절로 꺼려지는 바가 있었다.

'그렇다고 벗게 할 수도 없으니……'

이렇게 본래 얼굴을 알고 있는 일행까지 꺼리게 만드는 로브의 힘이지만, 그녀가 얼굴을 드러내고 다닐 시 벌어지는 소란을 생각하면 차마 그것을 벗게 할 수는 없었다.

'엘프는 엘프라는 거겠지.'

게임 속 세상답게 지나다니는 유저들은 모두가 미남미녀에, NPC들조차도 각자 고유의 매력을 가진 개성 넘치는 모습을 하고 있어 그 외견이 특별히 나쁘지 않았다.

하지만 그런 사람들 속에서도 독보적인 외모를 가진 이가 있었으니, 바로 엘프인 벨라였다.

사실 따지고 보면 벨라만 한 미모를 가진 사람들이 없는 것은 아니었다. 특하나 얼굴을 얼마든지 커스터마이징할 수 있는 유저들의 경우엔 연예인 뺨치는 미인들도 심심치 않게 볼 수 있었다. 하지만 그럼에도 불구하고 벨라의 미모는 굉장히 특별한 데가 있었다.

사람이 직접 조작해 만든 인위적인 미모가 아닌, 자연 발생한 부류에 속하는 벨라의 얼굴은 주변의 인공 미모를 가진 이들과 대비되는 아름다움이 있었다. 또한 게임 기능으로는 절대 만들 수 없는 특유의 차분한 분위기와 이지를 담은 푸른빛의 깊은 눈동자는 그런 미모의 화룡점정을 찍는바 얼굴만으로도 최고의 미인이라 할 수 있었다.

 그런 얼굴을 가진 주제에 전사 특유의 건강미 넘치는 균형 잡힌 몸매까지 갖고 있으니, 그 외모만으로도 시비가 끊이지 않았다. 거기에 더해 엘프라는 종족은 그 자체로 유저들의 호기심의 대상이기에 만약 골목 어귀에서 흙인지 천인지 분간이 힘든 누더기 로브를 줍지 못했다면 아마 지금쯤 사람들을 피해 골목을 헤매고 있어야만 했을 것이다.

"조만간 돈을 좀 모아서 깨끗한 걸로 갈아입혀야겠어."

케이안 숲의 엘프 전사답게 그녀 본인은 누더기 로브의 외견에 그다지 크게 신경 쓰지 않는 것 같지만, 같이 있는 내가 불편했다.

아니, 그보다도 이번 퀘스트의 보상으로 주어진 그녀는 나의 동의도 없이 나의 가디언으로 등록된 상태였다. 소환수와 달리 소환 해제가 안 될 뿐, 소환수와 마찬가지로 강력한 조력자인 가디언은 주인이 고급 장비를 착용시키면 그만큼 강력한 전력이 되는바 누가 뭐래도 될 수 있는 한 좋은 장비를 입게 하는 것이 좋았다.

'음, 그러고 보니 나 뭔가 아이템을 잔뜩 얻지 않았던가?'

이제 와 떠오른 것이지만, 숲을 탈출하기 직전 마지막 싸움에서 금모원왕과 지하악왕을 처치했을 때 수많은 알림창이 뜬 일이 있었다.

따로 드롭된 아이템을 회수하는 과정은 없었지만 아마도 고급의 보스 몬스터를 처치한 탓인지 자동으로 아이템이 습득되었다는 알림이 몇 번이고 있고, 그 과정에서 레벨업과 같은 다른 알림들도 보였던 것 같다.

그렇게 많은 아이템과 무언가 능력치 상승 과정을 거친 나지만, 여태껏 스테이터스 창은커녕 인벤토리 한 번 열어보지 않고 있었다. 단순히 잊어버린 것이기도 하지만, 그보다는 게임을 하며 인벤토리에 무언가를 넣어본 전례가 없기에 아예 생각조차 못했다고 보는 게 맞았다.

'생각난 김에 열어볼까? 보스 몬스터를 잡았으니 골드가 있다면 일행 모두 옷을 사는 것도 괜찮을 것 같은데.'

펭귄인 엠페러야 그다지 상관없다곤 하지만, 누더기를 걸친 벨라는 물론이고, 사실 나 역시도 그다지 좋은 몰골을 하고 있지는 않았다.

가진 바 장비라곤 여전히 엘프 마을에서 얻은 녹색 옷과 이젠 사용처도 불분명한 뭉툭한 단검 하나뿐이니, 옆에 선 벨라가 너무 부각되어 티가 나지 않을 뿐, 당장에 길바닥에 엎드려 구걸을 한다 해도 이상한 모습이 아니었다.

"그렇다면… 이렇게 하면 될까? 인벤토……."

"아! 당신들 뭐야! 그만 좀 따라와!"

그렇게 잡다한 생각 속에서 인벤토리 기능이 있음을 떠올린 내가 명령어를 외치려는 그때. 조금 전까지 모든 남성들의 시선을 받던 여전사로부터 뾰족한 외침이 들려왔다.

"하하! 그 앙칼진 목소리마저 정말 잘 어울리는군! 하지만 역시 무엇보다 가장 잘 어울리는 건 당신의 그 노란 피부! 역시 옐로우엔 동양인이야!"

"자, 잠깐. 레드… 그건 너무 인종차별적인……!"

"후후, 블랙, 오랜만에 좋은 인재를 만나 기분 좋아하는 대장을 너무 나무라지 말라고."

"멍청아! 너도 동양인이라고! 그리고 난 블랙이 아니라 그린이야!"

'또 저 멍청이들인가?'

노출이 심한 옷을 입어 황인종 특유의 조금은 짙은 빛깔의 피부를 드러낸 여전사는 뜬금없이 나타나서는 이상한 말로 추근거리는 쫄쫄이 파티를 보며 깊게 인상을 찌푸렸다.

작업을 거는 건지, 아니면 시비를 거는 건지 알 수 없는 그들의 대화에 짜증이 난 여전사가 한마디 하고자 입을 열 무렵, 이를 지켜보던 많은 남자들 사이에서 기다렸다는 듯 앞으로 나서는 이가 있었다.

"이봐! 레이디가 싫어하시지 않나!"

'흠… 레이디라…….'

어지간한 일상 대화 속에선 들어보기 힘든 종류의 단어가 주는 낯부끄러움에 눈살을 찌푸리기도 잠시. 군중 속에서 모습을 드러낸 남자의 모습은 그런 단어 선정의 이질감을 전혀 느낄 수 없게 만드는 모습을 하고 있었다.

철컹! 철컹!

동화 속에서 방금 튀어나오기라도 한 듯, 번쩍번쩍 광이 나는 플레이트 아머에 마찬가지로 번쩍거리는 삼각형의 카이트 실드를 메고, 허리춤엔 고급스런 분위기가 물씬 풍기는 검을 찬 남자의 모습은 가히 기사라는 이름에 가장 부합하는 형상이었다.

"순백의 기사……!"

"오오! 고레벨!"

게다가 앞으로 나선 그를 보며 여기저기서 웅성거리는 모양새를 보아하니, 꽤나 명성도 가지고 있는 사람인 듯싶었다.

"자, 그 레이디에게서 떨어져라, 치한들! 그렇지 않는다면……."

처억!

자신의 모습을 보고 놀라워하는 군중들의 웅성거림에 의기양양해진 것인지, 조금 전 앞으로 나설 때보다 훨씬 큰 보폭으로 그들 삼인방과 여전사 앞에 선 기사는 이내 허리춤의 칼을 뽑아 들며 한층 낯부끄러운 대사를 쏟아냈다.

"…이 백색의 송곳니가 너희들의 피로 붉게 물드는 모습을 보고야 말 테니까."

스릉—

'그것참, 소름 돋는군.'

정말이지, 듣는 사람의 몸에 소름을 돋게 하는 대사가 아닐 수 없었다.

하지만 그보다 더 나를 소름 돋게 한 것은 바로 저 기사가 들고 있는 백색의 검이었다. 그런 유치하기 짝이 없는 대사와 함께 뽑혀져 나온 검이지만, 막상 뽑아 들고 보니 정말 백색의 송곳니라는 이름이 꽤나 잘 어울린다고 느낄 정도로 위험한 예기를 뿜어내는 검이었다.

'물론 이 녀석한테는 안 되겠지만.'

힐끗.

문득 시선을 돌려 내려다본 곳에는 여전사를 구경하는 와중 벌어진 새로운 볼거리에 집중하며 어린아이처럼 한쪽 날개 끝을 부리에 넣고 쭙쭙 빨아 대는 엠페러가 있었다.

그 바보 같은 모습 어디에도 북쪽 숲의 제왕이라는 위엄이나 위압감이라고는 전혀 느껴지지 않지만, 틈새로 침을 질질 흘리는 저 부리는 못 깨부수는 것이 없고, 부리 속에서 침으로 샤워를 하고 있는 저 날개는 날카롭게 뻗으면 고레벨 보스 몬스터의 정수리를 두부 가르듯 벨 수 있는 보검 중의 보검이니, 그야말로 아이러니라고 할 수밖에 없었다.

내가 그렇게 멍청한 표정을 짓고 있는 엠페러에 대해 평가하는 사이, 눈앞의 분쟁은 조금 더 긴박해져 가고 있었다.

검의 비범함을 느낀 것인지, 주변에선 그런 검의 모습에 조금 더 높은 웅성거림이 전해졌다.

기사 앞에 나란히 선 쫄쫄이들 역시 긴장한 듯 잔뜩 굳은 얼굴로 그 모습을 보더니, 이내 각자 인벤토리에서 맨 처음 우리 일행과 만났을 때 쓰고 있던 염색한 마스크 헬름을 꺼내 뒤집어쓰며 말했다.

"우리는 정의의 사도 엘리멘탈 파이브. 저 여성분을 추행할 의도 따위 전혀 없고, 이런 분쟁도 원치 않소. 비록 당신이 그 유명한 순백의 기사라고 하지만… 이렇게 우리를 핍박해선 좋은 꼴은 보기 힘들 거요."

쫄쫄이들의 리더 레드가 한 걸음 앞으로 나서며 한 말에 순백의 기사가 코웃음 치며 말했다.

"흥! 이 상황은 누가 봐도 명명백백 너희들의 수작질과 그것을 싫어하는 숙녀분의 다툼이었거늘! 이제 와 발뺌해 봐야 소용없다! 자, 레이디! 이쪽으로 오시죠!"

주변 사람들에게 자신의 정당함을 알리고 호응을 얻으려는 의도였는지, 자신 있게 목소리를 높이며 군중을 쓸어 보던 순백의 기사는 이내 이 일의 가장 중요한 참고인인 여전사를 보며 자신의 곁으로 불렀지만, 의외로 여전사는 그 자리에 꿈쩍 않고 있었다.

거기에다가 '얜 또 뭐래?' 라는 여전사의 시선이 더해지자, 기사는 당혹스럽다는 듯 작게 헛기침을 하며 이내 다시 한 번 목소리를 높였다.

"크흠! 레이디께서 너희들의 행패에 당황해 다리가 안 움직이시는 듯하니… 응당 너희들이 먼저 물러서야 할 터! 자, 이만 숙녀분과 민폐를 끼친 주변 주민들께 사과를 하고 물러서라!"

처―억.

그렇게 말하며 멋들어지게 칼을 레드에게 겨누는 그의 모습은 가히 훌륭한 퍼포먼스였고, 그를 뻘쭘하게 만든 여전사의 반응에 잠시 동요하던 군중들의 호응을 단숨에 이끌어냈다.

'호오~ 사람 다루는 게 꽤 고단수구만.'

비록 부끄럽기 짝이 없는 말과 과장된 행동들뿐이긴 하지만, 단숨에 주변 분위기를 끌어당기는 그의 처세술은 가히 칭찬할 만했다.

하지만 이때, 엘리멘탈 파이브 일행 역시 질 수는 없다는 듯 큰 목소리로 대응했다.

"우리가 비록 남들이 보기에 무례하게 보였을 순 있으나 불순한 의도를 가진 적은 결단코 없었소. 만약 이 여자분이 기분이 나쁘셨다면 개인적으로 사과를 드릴 순 있으나, 당신의 강요에 고개를 숙이는 모습이 되는 것은 싫소! 또한 당신과 싸우고 싶은 마음 또한 없었지만, 이런 상황을 만든 것은 바로 당신! 이젠 우리의 자존심 때문에라도 결코 물러날 수 없소!"

그렇게 말하며 고개를 돌려 양옆에 선 그린과 블루를 향해 고개를 끄덕인 레드는 이내 심호흡을 하는가 싶더니, 순백의 기사를 향해 동시에 외쳤다.

"우리는 정의의 사도 엘리멘탈 파이브! 결코 악에는 굴할 수 없다!"

"우리는 정의의 사도 엘리멘탈 파이브! 결코 악에는 굴할 수 없다!"

"우리는 정의의 사도 엘리멘탈 파이브! 결코 악에는 굴할 수 없다!"

짜—안!

"오오!"

주변 분위기는 분명 그들에게 안 좋게 흘러가고 있었지만, 리더인 레드가 보여준 카리스마와 칼처럼 각 잡힌 전대물 특유의 양쪽으로 날개를 펴듯 자세를 잡고 선 모습은 구경하던 이들을 들뜨게 만들기에 충분했다.

그러나 그것도 잠시. 이내 그들 각자의 손에 들린 무기를 본 사람들은 이해할 수 없다는 표정을 지으며 지금 자신이 보고 있는 게 현실인지 확인하고자 눈을 비비기 시작했다.

'양동이? 거기에 나무 몽둥이… 저건 또 뭐야?'

블루의 손에 들린 것은 무기라고 하기엔 마음에 걸리는 것이 너무 많고, 그렇다고 무기가 아니라고 하기엔 너무 위엄 넘치는… 사자가 양각된 철제 양동이었고, 그린의 손에 들린 것은 어디서 꺾어 왔는지 모를 굵다란 나뭇가지였으며, 마지막으로 리더 레드의 무기는…….

"저거 설마… 체인인가?"

촤르르륵—

경쾌한 소리와 함께 레드의 손에서 풀려 나온 그것은 그 휴대의 용이성, 철제 특유의 튼튼함으로 강력한 내구도와 공격력을 자랑하는… 체인이었다.

물론 체인이라고 해서 우리가 알고 있는, 무기에 연결하거나 죄수를 묶어둘 때 쓰는 사슬 같은 것은 아니었다. 만약 그런 무기였다면 조금 안 어울리긴 해도 블루나 그린의 무기에 비하면 아주 훌륭하다고 고개를 끄덕였을 것이다.

그러나 레드의 손에 들린 체인은 그런 종류가 아니었다. 그 디자인은 물론, 사용처까지 보통의 사슬과는 확연히 차이가 나는 그 체인은 아주 현대적인 디자인으로 흔히 자전거에서 볼 수 있으며, 양아치며 조폭이 등장하는 만화나 영화 속에서 보게 되는 물건이었다.

그런 물건이 정의의 사도를 자처하는 무리의 리더 손에 들린 것이다.

'아니, 그보다 체인? 여기 판타지 배경 아니었어?'

물론 게임의 자유도를 생각해 보면 게임 내에서도 얼마든지 체인을 제작할 수 있겠지만, 앞서 말한 것처럼 굳이 저런 무기를 쓰고자 한다면 직접 제작을 하는 것보다 사슬형 무기를 사다 쓰는 것이 훨씬 편할뿐더러 당연히 무기의 성능도 좋을 터였다.

그럼에도 불구하고 저런 기형 무기를 사용한다는 것은 무언가 특별한 기능이 있다고밖에는 설명할 수 없었다.

'그럼 관건은 그 기능이 얼마나 뛰어난가 하는 것이군.'

순백의 기사에 비해 한없이 초라한 무기들을 꼬나 쥔 정의의 사도들의 모습이 어쩐지 애처롭게 보였지만, 특별한 무기인 만큼 그 위력 또한 보통의 무기와는 다른 바가 있을 테니 모습과 무기만으로도 순백의 기사의 우위가 점쳐지던 처음에 비하면 좀 더 나은 상황이라고 할 수 있었다.

그리고 그때, 레드가 손에 쥔 체인을 번쩍 들어 올리며 말했다.

"잠시만 시간을 주시오!"

"…응?"

순간, 순백의 기사의 당황한 목소리가 여기까지 들려왔지만, 레드는 신경도 쓰지 않는다는 듯 자신의 말만 이어 나갔다.

"원래 악당도, 영웅도 변신할 때는 공격하지 않는 법! 우리의 무기는 준비가 끝난 게 아니니 조금만 더 기다려 주시오!"

"……."

첫 등장부터 투구를 눌러쓰고 있던 순백의 기사였기에 그 표정을 볼 수는 없지만, 직접 보지 않아도 지금 투구 속 얼굴이 어떤 상태일지 생생했다.

백색의 송곳니라는 번쩍이는 칼을 든 채 누가 봐도 한숨을 쉬는 자세로 하늘과 땅을 번갈아 보며 고민하길 잠시. 이내 순백의 기사가 체념했다는 듯 말했다.

"1분… 주마……."

"고맙소! 하지만 블루의 무기는 준비 시간이 길어서 못해도 2분은 걸리니 기왕 선심 쓰는 김에 1분 더 기다려 주시오!"

"…좋다."

그렇게 허락의 말이 떨어지기 무섭게 블루는 자신의 양동이를 들고 어디론가 달려가 버렸고, 그린과 레드는 한데 모여 무언가 꿈지럭거리기 시작했다.

그야말로 어처구니없는 풍경이지만, 구경꾼들은 이 바보 같은 싸움의 결말이 궁금한지 의외로 흥미진진하게 쳐다보고 있었다.

특히나…….

"호오… 호오오~ 흐음……!"

'니가 그러고 있음 쟤가 뭐가 되냐!'

이 싸움의 원인이 된 여전사는 대놓고 레드와 그린이 쑥덕이는 사이에 끼어들어 그들의 대화를 훔쳐 들으며 이유 모를 감탄사까지 흘리고 있었다.

그리고 졸지에 동물원 원숭이가 되어버린 순백의 기사는…….

"후우……."

벗어놓은 헬름을 깔고 앉아 미려한 금발을 휘날리며 담배를 피우고 있었다.

'이젠⋯ 저쪽이 훨씬 불쌍해 보이는데⋯⋯.'

원래부터 수척한 얼굴은 아니었을 금발의 기사는 손에 쥔 담배를 깊게 빨아들이며 무언가 해탈한 표정으로 여전사와 두 쫄쫄이가 뭉쳐 있는 모습을 꼬나보고 있었다.

그리고 그때, 준비가 끝난 것인지 레드와 그린이 자리에서 일어났다.

"다 끝난 거냐?"

"아직 블루가 오지 않았소."

"후⋯ 그래⋯⋯."

다시금 담배를 한 모금 들이켜는 순백의 기사지만, 자신들의 적에 대해 일말의 인정조차 없는 악당들은 의기양양하게 각자의 무기를 조작하기 시작했다.

그린은 앞으로 손을 모아 그 위로 공손히 무기를 얹고 있었다. 그의 몽둥이에선 천천히 새싹부터 시작하여 나무줄기가 자라나기 시작했다. 그리고는 이내 솜사탕처럼 풍성해졌다 싶은 순간, 그린이 허공을 한 번 내려치자 무수히 많이 돋아났던 줄기들이 이내 썩어내리며 몽둥이에 짙고도 불길한 독기가 서렸다.

외형 자체는 큰 차이가 없음에도 은은한 녹색 빛의 독기는 보는 이를 기분 나쁘게 만드는 힘이 있었다.

이런 무기의 변화는 과연 특별한 무기라고 할 만큼 신기했지만… 그 변화 과정을 본 구경꾼들 중 한 명이 의문을 느낀 듯 불쑥 질문 아닌 질문을 던졌다.

"정의의 사도라며!"

움찔!

순간, 그린의 몸이 눈에 띄게 꿈틀거리고, 레드 역시 살짝 몸을 떠는 게 보였지만, 이내 자신은 꿀릴 것 없다는 듯 앞서서 나온 레드가 큰 목소리로 말했다.

"자! 봐라, 기사! 이게 바로… 우리 그린의 포이즌 클럽이다!

"그러니까, 왜 그게 그린이고, 정의의 사도냐니까……."

가장 근본적인 의문에 대해 내가 중얼거리자 이런 내 말을 듣기라도 한 것인지 레드가 변명을 해 대기 시작했다.

"그린하면 나무! 나무는 식물! 식물의 무기는 독! 그리고… 독하면 그린! 이보다 잘 어울리는 무기가 또 있을쏘냐!"

"……."

그 말을 듣는 순백의 기사는 이미 체념한 듯 아무런 말이 없었고, 구경꾼들 역시 아무도 호응하지 않았으며… 그저 옆에 선 여전사가 한마디 할 뿐이었다.

"독은… 초록색도 있지만… 보통 보라색이나 검은색도……."

홈칫!

움찔!

그 소리를 들은 두 사람의 신형이 조금 전과는 비교도 안 될 만큼 크게 떨리는가 싶더니, 이내 저들끼리 중얼거리기 시작했다.

"이런 젠장! 퍼플의 존재를 잊고 있었다니! 블랙은 흑마술이라도 시킨다지만… 퍼플이야말로 독이 어울리잖아!"

"거 봐! 내가 이거 안 한다고 했지!"

"……."

그렇게 두 사람이 티격태격하는 사이, 어느새 성냥을 꺼내 세 번째 담배에 불을 붙인 순백의 기사가 다시 한 번 물었다.

"후우… 이젠 정말 끝?"

"아, 아직! 내가 남았다!"

분위기가 이상함을 감지한 것일까, 레드가 다급하게 손을 저으며 자신의 체인을 들어 보였고, 이내 품속에서 조금 전 순백의 기사가 담뱃불을 붙일 때 썼던 것과 같은 성냥을 꺼냈다.

'흠… 기호 식품이란 건가? 어디선가 공식 판매를 하나 보군.'

딱히 담배를 피우는 것은 아니지만 성냥이랑 물건은 있으면 어디든 써먹기 마련이니, 나는 레드의 무기보다도 그의 손에 들린 성냥에 더 눈이 갔다.

그런데 그때.

화르르르륵!

레드가 손에 들고 있던 체인에 성냥이 닿음과 동시에 체인 전체로 불길이 번져 나가며 순식간에 주변을 후끈하게 달궜다.

"하하! 자, 이것이 바로 엘리멘탈 파이브 중 레드! 불 속성의 파이어 체인이다!"

그렇게 말하며 자랑스럽게 웃어 보이는 그 모습은, 불량스럽기 짝이 없는 불붙은 체인 때문인지 몰라도 양아치 무리의 대장 정도로밖엔 보이지 않았지만… 어쨌든 레드 본인은 굉장히 만족하는 듯싶었다.

"후후… 원래는 불 속성의 빔 소드나 레이저 건을 만들 셈이었지만 구현이 되어 있지 않아서 칼처럼 쇠로 만들고, 총처럼 멀리서도 싸울 수 있는 이 녀석으로 골랐지. 게다가 휘둘렀을 때 퍼지는 불꽃의 잔상을 본다면 그 누구라도 이게 레드의 무기임을 납득할 수밖에 없을걸?"

묻지도 않았지만 구구절절하게 쏟아져 나오는 파이어 체인에 대한 탄생 설화는 앞선 그린의 무기 소개를 의식해서인지 모두에게 잘 들릴 만큼 큰 목소리였지만… 여전히 호응은 적었다.

아니, 오히려…….

"그럼… 독은 무슨 속성이지?"

움찔!

날카롭게 허점을 파고드는 곁에 있던 여전사의 말에 두 사람이 다시 한 번 몸을 떨었지만, 레드의 입은 그런 상황에서도 멈추지 않았다.

"그, 그건… 무기의 속성을 보기보다는… 옷! 그리고 콘셉트를 생각해서, 그런은 나무라고 생각을 하는 게!"

"그럼 나무보다는 자연이나 땅이 어울리지 않아? 자연은 어느 정도 납득할 수 있겠지만… 썩은 나무나 독이라면 차라리 브라운… 땅이라든가……."

"훌쩍…… 거 봐, 내가 안 한다고 했잖아."

초록색 헬름 틈새로 흘러나오는 애처로운 목소리에 레드의 몸이 또다시 떨렸지만, 아직도 변명거리가 남았다는 듯 다시 한 번 앞으로 나서며 무언가 말할 준비를 하기 시작했다.

그리고 그때, 그토록 기다리던 블루가 도착했다.

출렁출렁!

"헉헉! 늦어서 죄송합니다!"

"블루! 늦었잖아!"

화알짝!

한창 어색해진 분위기 속에서 등장한 구원투수 블루는 분위기를 환기시켜 줄 존재로서, 레드의 말과는 달리 격한 환대 속에 어리둥절해하며 무리에 끼어들었다.

"아하하하! 블루, 정말이지 왜 이렇게 늦은 거야."

팡팡!

"아, 그게… 근처에 수돗가가 없어서 광장 쪽에 분수대 물을 퍼 오느라……."

"하하하! 그거 정말 곤란했겠군!"

호쾌하게 웃어 보이며 연신 블루의 등판을 때리는 레드의 목소리는 한층 활기차 보였고, 영문도 모르고 등짝을 얻어맞는 블루는 그런 와중에도 물이 흐를까 조심스럽게 양동이를 안고 있었다.

"그래… 이제 정말 끝이지? 이제 정말 싸워도 되는 거야?"

"후후, 좋소. 마지막으로 블루의 무기가 완성되는 것만 보여 주고 바로 시작하도록 합시다."

자리를 털고 일어나며 묻는 순백의 기사에게 의기양양한 웃음을 지어 보인 레드는 이내 블루를 향해 눈짓했고, 레드의 신호를 포착한 블루가 의미심장하게 고개를 끄덕이며 이내 품에 안은 양동이에 대고 무언가 주문을 외우기 시작했다.

그러자…….

파아아앗!

순식간에 주변을 뒤덮는 한기가 블루로부터 뿜어져 나오며 양동이를 파랗게 물들였고, 푸른빛으로 빛나는 양동이를 가슴에서 떼어낸 블루를 보며 레드가 다시 한 번 외쳤다.

"하하! 이게 바로 물 속성을 가진 블루의 얼음 무기다! 이번에야말로 누구도 반론할 수 없을걸?"

아마 조금 전의 일에 마음이 상했던 것인지, 대놓고 반론하지 못할 거라는 레드의 모습이 처량하기 그지없었지만, 집단 지성과 군중심리라는 것은 무시할 게 못 됐다.

"물 속성? 하지만 물은 떠 온 거 아니었어?"

"1클래스의 워터만 배워도 마법으로 물은 해결할 수 있을 텐데……."

"그에 비해 아이스 마법은 꽤 숙련도가 있어 보이던데? 그럼 속성은 그냥 얼음 속성 아니야?"

"얼음이랑 물이 본질은 같다지만… 물도 쓰고 얼음도 쓰는 거랑 얼음밖에 못 쓰는 거랑은 엄연히 차이가 있지."

"아니, 그보다 엘리멘탈 파이브라는 것부터 고쳐야 하지 않아? 지금 쟤들, 세 명 아니야?"

웅성웅성.

"자, 잠깐!"

주변의 웅성거림에 당혹스러워하던 레드는 이내 주변을 향해 자신들의 사정을 설명하기 시작했다.

"…물론 여러분이 생각하시는 것처럼 워터 마법이 있다는 것을 저희도 압니다. 하지만… 워터 마법은 말 그대로 물 생성 마법. 마법사와 달리 기본 수식밖에 사용할 수 없는 타 직업은 주먹만 한 물밖엔 못 만듭니다. 그런 적은 물로 큰 양동이를 다 채우기엔 전사 클래스인 우리는 마나가 모자랍니다. 그리고… 파이브 중 나머지 두 명은 구인 중에 있으니……."

'역시 전사 클래스군.'

억울하다는 듯 목소리를 높이는 레드지만, 그런 억울함보다도 먼저 내 머릿속에 들어온 정보는 저들이 정통의 전사 클래스거나 혹은 전사 클래스의 변형 직업들이라는 점이었다.

그리고 사실 이는 처음 그들과 만났을 때부터 어느 정도 짐작하고 있던 바이기도 했다.

리버스 라이프의 커스터마이징 시스템은 얼굴을 조작하는 데 있어서는 관대하기 짝이 없지만, 체형이나 신체 일부의 변형에는 굉장한 제약을 두고 있었다.

기본적으로는 남자와 여자 모두 자신의 실제 골격을 기반으로 체지방을 줄이거나 늘리는 정도의 변형밖에는 할 수 없으며, 특별히 신체적 장애가 있는 경우에만 몸 자체를 조절할 수 있었다.

이에 대해 대외적으로는 가상현실 속과 현실의 몸 간의 괴리를 최소화하여 동화율을 높이기 위해서라고 소개하지만, 게임 속 모션을 직접 제작하고 체험한 나는 그것이 사실은 밸런스를 조절하기 위함임을 알고 있었다.

실제의 물리법칙을 그대로 구현하고 있는 리버스 라이프는, 캐릭터의 근육량, 신체 구조, 체구에 따라 힘의 효율이 달라지도록 설계되어 있었다.

예를 들어 체중이 많이 나가는 유저의 캐릭터가 기본 스텟으로 체중이 실린 주먹질을 하는 것과 마른 체구의 사람이 주먹을 휘두르는 것에는 분명한 차이가 있다는 것이다.

그렇기 때문에 리버스 라이프에서는 자신의 몸의 골격만을 놓고 그 위에 살을 덮는다는 느낌으로 체중을 조절할 수 있도록 되어 있으며, 물리력과 직접 연관된 근육을 늘리기 위해서는 힘과 체력 스텟에 투자하여야 몸의 외견을 바꿀 수 있도록 하고 있었다.

이는 게임 속 몸과 실제 몸의 괴리로 인해 발생하는 문제를 레벨업에 걸리는 시간과 상승 스텟량의 제한을 통해 유저의 뇌가 게임 속 캐릭터에 적응하는 시간을 주는 시스템이자, 좋은 피지컬로 남들보다 앞서거나 게임상 수치와과 관계없이 강력한 힘을 내지 못하도록 하는 시스템이라고 할 수 있었다.

뭐, 설명은 길었지만 어쨌든 이 게임에서 멋있는 몸을 가진다는 것은 그만큼 체력과 힘에 많은 투자를 했다는 것이고, 힘과 체력에 많은 투자를 했다는 것은 전사 계열의 클래스라는 의미였다.

그리고 엘리멘탈 파이브들의 쫄쫄이 복장 너머로 보이는 선명한 근육들은 바로 그들이 전사 클래스를 가지고 있다는 의미이기도 했다.

'뭐, 다른 직업을 가지고 힘과 체력을 찍지 말란 법은 없겠지만 말이야.'

어쨌거나 본인들 입으로도 전사 클래스라고 했으니 다른 생각은 필요 없지 싶었다.

"…양동이를 다 채우려면 2클래스의 워터 볼을 배워야 하는데… 근데 그건 공격 마법이라 너무 비싸서……."

주저리주저리.

이젠 신세 한탄에 가까운 연설을 하는 레드를 보며 내가 슬슬 지루함을 느낄 무렵, 정말 쥐 죽은 듯이 여전사의 모습에 집중해 있던 엠페러가 내 옷자락을 잡아당기며 말했다.

"주인… 이제 그만 가자."

"음… 조금만 더 있다가 가자."

앞서 말한 것처럼 나 역시 눈앞의 콩트가 지루하긴 마찬가지지만, 그럼에도 나는 이 싸움의 끝을 보고 싶었다.

아니, 정확히는 그 싸움의 과정을 보고 싶었다. 비록 결과가 어떻게 될지는 이미 대충이나마 짐작이 가지만, 이 게임을 시작한 이후 처음 보는 유저 간의 싸움이자 첫 액션 장면이기에 나름 이 게임의 모션과 액션을 맡았던 개발자로서 궁금증이 생겼다.

그때, 순백의 기사가 바닥에 수북하게 쌓인 꽁초를 레드 쪽으로 차버리며 말했다.

파악!

"이봐! 이제는 정말 시작해도 되는 거 아닌가?"

"이런, 잊고 있었군! 정말 미안하오!"

여태 횡설수설 당황한 모습이 역력해서는 아무도 알고 싶어 하지 않던 엘리멘탈 파이브의 생활고에 대해 설명하던, 처량한 모습은 온데간데없었다.

자신에게 날아드는 꽁초들을 가벼운 손짓으로 쳐낸 레드는 미안하다는 말과는 달리, 적의 가득한 모습으로 자신들의 상대인 순백의 기사를 노려보며 몸을 폈다.

그러자 어느새 당당함을 되찾은 그들의 모습에서 정의의 사도의 모습이 나타나기 시작했다.

"우리는 정의의 사도 엘리멘탈 파이브! 결코 악에는 굴할 수 없다!"

"우리는 정의의 사도 엘리멘탈 파이브! 결코 악에는 굴할 수
없다!"

"우리는 정의의 사도 엘리멘탈 파이브! 결코 악에는 굴할 수
없다!"

'…저것도 직업병인가?'

물론 실제 직업이 엘리멘탈 파이브니 뭐니 하는 것은 아닐 테
지만, 싸움을 시작하기 전에 외치는 저 말과 포즈는 꽤나 병적
인 느낌을 주고 있었다.

"크으… 이놈들…….'

어쩐지 전대물의 괴수가 주인공들이 나타났을 때 할 것만 같
은 대사를 중얼거리는 순백의 기사지만, 상대가 싸울 준비가 되
었음을 확인하자 그 태도가 일변했다.

철컹철컹!

'호오, 정말 말 그대로 기사 타입인 건가?'

기사 클래스의 장점이라 하면 당연히도 특유의 중장갑으로,
가벼운 공격으로는 큰 대미지를 줄 수 없고, 설령 대미지를 주
더라도 치명상을 주기 어려웠다. 뿐만 아니라 그 무게가 실린
공격은 묵직함을 내포한 강력한 공격이 되기도 했다.

그리고 그런 기사 클래스의 장점을 십분 발휘하는 형태가 바

로 지금 눈앞에 있었다.

철컹! 철컹! 쿠웅!

한 걸음, 한 걸음 엘리멘탈 파이브에게 다가가는 발걸음이 점차 무거워지는가 싶더니, 어느새 무기가 가장 긴 레드의 사정권 안에 들어설 정도가 되자, 그 발걸음에 땅이 울리기 시작했다.

사람의 몸이 걸음을 옮길수록 무거워진다는 것은 상식적으로 말이 안 되는 것이니, 이는 분명 스킬의 효과이리라. 그렇게 생각하고 보니 어느새 순백의 기사의 모습은 어디 하나 흠잡을 곳 없는 단단한 방어 태세에 들어가 있었다.

'흐음, 기본기에 충실한 탱커형 기사로군.'

아직 순백의 기사가 선보인 게 별로 없는 만큼 장담할 수는 없지만, 앞으로 전진할수록 미세하게 움츠르드는 몸과 그런 만큼 작아져도 약해졌다기보다는 몸을 잔뜩 웅크린 물소처럼 단단한 위압감을 주는 그 모습은 전형적인 방어형 기사의 모습이라고 할 수 있었다.

만약 조금이라도 상대가 작아진 체구에 방심한다면, 결코 피할 길 없는 물소의 돌진을 상대해야 할 터였다.

하지만 의외로 레드들은 그런 순백의 기사의 방식에 꽁무니를 보이고 도망치거나 하지는 않았다. 아니, 오히려 적극적으로 그의 단단한 갑옷 방벽을 두드리기 시작했다.

"츠하아앗! 파이어 체인!"

촤아악! 촤아악!

레드의 손에서 휘날리는 불붙은 체인은 근본 없는 무기답게 그 움직임이 스킬조차 없는지 행동 보정을 받지 못해 굉장히 어색하기 짝이 없었지만, 그래도 나름 연구를 한 듯 채찍과 비슷한 형태의 움직임을 보이며 연신 순백의 기사 몸 위를 가격해 나갔다.

하지만 진짜 채찍과는 달리 탄성을 이용한 기술들을 사용할 수 없기에, 레드의 파이어 체인은 단순한 휘두르기 공격밖에 없고, 그 결과 파이어 체인은 순백의 기사의 높은 방어력에 사실상 무력화된 상태였다.

비록 다른 유저의 체력 게이지가 보이는 것은 아니지만, 레드가 자랑하던 하늘을 수놓는 불의 잔상 속에서도 미동도 하지 않고 서 있는 순백의 기사의 모습을 보고 있자면 굳이 결과를 물어볼 필요도 없었다.

그때, 그린이 나섰다.

"차아압! 쾌속 찌르기!"

슈팍!

두터운 몽둥이가 촘촘한 불의 잔영 사이로 불쑥 내밀어졌고, 독이 잔뜩 묻은 몽둥이를 코앞에 두게 된 순백의 기사가 재빨리 뒷걸음질로 자리를 피했다.

'이쪽은 또 상당히 정석적이군.'

조금 전 레드의 공격을 파격, 무규칙이라는 단어로 표현할 수 있다면, 이어진 그린의 점을 파고드는 공격은 절제와 규칙이라는 단어로 표현할 수 있었다.

정확한 공격 타이밍에 틈새를 노리는 그린의 곤법(棍法)은 분명 몽둥이를 들어 휘두르고 있음에도 날카로운 검세를 보는 듯 섬세했다.

아니, 애당초 때려 부수는 공격 방식을 가진 둔기술에는 찌르기라는 공격은 그저 상대를 기만하거나 위협하기 위한 공격 방법이지, 주된 공격이 될 수 없었다.

하지만 그린의 공격 대부분은 체인을 등에 업고 틈새로 찔러들어가는 공격으로, 이는 곤법보다는 검술, 그것도 가볍고 빠른 레이피어 계열의 검술이라고 할 수 있었다.

'무기를 바꾼 거군.'

레드와 그린의 레벨이 어떤지는 모르지만, 고레벨 사냥터인 케이안 숲 부근에서 활동하는 것을 보면 레벨이 그리 낮지만은 않을 터. 그럼에도 불구하고 레드의 허술하기 짝이 없는 체인 기술이나 몽둥이와는 전혀 어울리지 않는 그린의 공격 방식은 새로운 무기를 사용 중이라면 모두 납득이 가는 형태였다.

기존에 사용해 온 무기를 바꾼다는 것은 그 무기와 관련한 스킬과 각종 숙련도, 그리고 재능의 효과까지도 포기한다는 것인 만큼 어지간해서는 있기 힘든 일이지만, 싸우는 모습이나 정황을 보건대, 아마 아까 말한 속성 콘셉트를 위해 그런 선택을 했을 가능성이 컸다.

　'하기야… 전투 준비에 그렇게 오래 걸리는 무기들을 가지고 여태 레벨업을 해왔을 리 없지.'

　그나마 그런이야 무기인지 스킬인지 모를 것의 도움으로 그럭저럭 금방 준비가 되지만, 레드나 블루는 미리 준비를 한 게 아닌 다음에야 싸우는 게 불가능할 정도였으니 말이다.

　"그러고 보니 블루는……?"

　허술하긴 하지만 두 명의 연수 합격으로 의외의 선전을 보여주는 레드와 그런의 활약 덕분인지, 준비도 오래 걸리고 가장 마지막에 등장했던 블루는 어느새 잊혀져 있었다.

　물론 앞서 무기를 준비할 때를 생각하면 그냥 그 존재감 자체가 약한 것 같기도 했지만… 어쨌든 레드의 무기만큼이나… 아니, 어지간한 기병 같은 것은 비교도 안 될 만큼 특이한 무기를 준비한 블루였기에 개인적으로 싸움 방법이 궁금하던 차였다.

　"흥! 정의의 사도라기에 얼마나 대단한 것인가 했더니, 이 정도가 끝인가 보구나! 이젠 내 차례다!"

채앵!

콰앙!

"크윽!"

"으윽!"

겉보기에는 꽤나 잘 싸워 나가고 있던 것처럼 보인 레드와 그린이지만, 아무래도 무기의 숙련도나 제대로 된 관련 스킬 하나 없이 순백의 기사를 상대하기는 역시 무리였는지, 기합과 함께 휘둘러진 그의 검에 체인과 몽둥이가 크게 튕겨져 나갔다.

그리고 그 순간.

"필사아아알!"

"음?!"

바로 등 뒤에서 들려오는 우렁찬 외침에 순백의 기사가 고개를 돌리는 순간, 그의 헬름 위로 블루의 양동이가 작렬했다.

"워터 빠께쓰!"

콰쾅!

"커헉!"

꽝꽝 언 얼음이 빈틈없이 들어찬 양동이를 머리에 맞는 것은 기사의 방어력으로도 어쩔 수 없었는지, 양동이에 강타당한 순백의 기사가 몸을 크게 휘청거리며 머리를 감싸 쥐었고, 이때를 기다렸다는 듯 그의 검격에 멀리 물러났던 레드와 그린이 각자의 무기를 휘두르며 달려들었다.

"휩 슬래서!"

"인챈트 포이즌! 쾌속 찌르기!"

각자의 무기로 낼 수 있는 최고의 스킬들이 순백의 기사에게 날아들었고, 조금 전처럼 뒤에서 기회를 노리던 블루는 다시 한 번 자신의 양동이를 들어 올렸다.

하지만…….

"감히……!"

큰 타격을 입은 순백의 기사였지만, 역시나 고레벨답게 회복 도 빠른 것인지 자신을 향해 날아드는 세 개의 무기를 무섭게 노려보며 그가 마침내 스킬을 사용하기 시작했다.

"아이언 스킨 아머! 인챈트 홀리! 블레스 아머……."

여태 왜 스킬들을 아껴뒀을까 싶을 만큼 수많은 스킬들이 연 신 번쩍이며 순백의 기사의 방어력을 끌어 올렸고, 세 개의 무 기가 그의 몸에 닿기 직전 검을 들어 올리며 외쳤다.

"검막!"

파사삿!

챙! 콰쾅! 콰앙!

그의 외침과 함께 피어난 새하얀 검의 잔영은 순식간에 그의 주변을 감쌌고, 동시에 몸에 닿기 직전이던 공격들을 굉음과 함께 튕겨 버렸다.

그 놀라운 반응속도와 판단 능력에 주변의 구경꾼들이 환호를 보내는 그때, 나는 다른 부분에 더 놀라 있었다.

'검막? 검막이라고?'

그의 몸 주변을 메우는 새하얀 검의 잔영은 말 그대로 얇은 막이 되어 전방위를 방어하고, 세 개의 공격을 방어해 내고도 여전히 여력이 남았는지 검풍에 말려 올라가는 먼지 따위로 주변을 뿌옇게 물들이고 있었다.

'성기사인 것까진 알았지만, 설마하니 마스터급일 줄은 몰랐는걸.'

순백의 기사가 자신을 강화하는 버프를 걸 때 말했던 성기사 전용의 무기 강화 스킬 '인챈트 홀리'를 통해 그가 성기사라는 것은 쉽게 짐작할 수 있었지만, 설마하니 그가 마스터급의 유저라고는 꿈에도 생각하지 못한 나였다.

특하나 게임이 오픈한 지 고작해야 두 달째에 접어들고 있는 시점에서 마스터급 유저가 있다는 것은 정말 놀라운 일이었다.

'이거 정말 엄청나군.'

리버스 라이프에서 마스터 레벨이라 함은 수치상 200레벨을 말하는 것으로, 게임 내에서 공식 인정되는 명칭은 아니지만, 개발자들 사이에선 공공연히 마스터로 통하는 레벨이었다.

이 레벨이 개발자들 사이에서 마스터인 이유는 기본 직업군의 캐릭터를 기준으로 200레벨에 도달하면 100레벨에 이루어지는 1차 전직 강화의 다음 단계인 2차 전직 강화가 이루어지며, 그 직업의 기본기 스킬들이 마스터되는 시점이기 때문이다.

물론 단순히 스킬 포인트만으로 스킬이 마스터되지는 않기 때문에 직업마다 그 편차는 있지만, 애당초 개발 당시부터 200레벨을 기준으로 개발을 했기 때문에 기본 직업군을 벗어난 캐릭터만 아니라면 모두 해당되는 이야기였다.

지금 눈앞에 있는 순백의 기사가 펼치는 검막은 검사 클래스의 캐릭터가 기본기인 검술 숙련이 마스터 레벨이 되었을 때 자동으로 익히게 되는 공통 기술로, 흔한 스킬 이름과는 달리 마스터 레벨의 상징과도 같은 스킬이었다.

'게다가 검막의 형태를 보건대, 숙련도도 상당히 높아. 200레벨을 달성한 지 오래됐다는 말이겠지.'

검술과 관련한 스킬 모션 대부분을 담당했던 나로서는 순백의 기사가 사용하는 검막의 강력함을 한 번에 꿰뚫어 볼 수 있었다.

'스킬 숙련도를 보니 못해도 250레벨은 되겠어… 하지만 이렇게까지 빨라도 되는 거야?'

비록 게임 속 시간이 현실의 네 배라고는 해도 고작 게임 오픈 두 달이 못 되는 시점에 저런 강력한 유저가 있다는 것은 개발자로선 꽤나 신경 쓰이는 부분이었다.

'물론 뒤로 갈수록 레벨업이 기하급수적으로 어려워지긴 하지만… 아무리 초반이라도 너무 빠르다고……'

리버스 라이프의 공식 최대 레벨은 1,000.

레벨 500을 기점으로 필요 경험치가 엄청나게 증가하기는 하지만, 그렇다고 그 이전까지의 레벨업이 그리 쉬운 것도 아니기에 나를 포함한 모든 개발진들은 유저들을 위해 온갖 준비를 해두었던 참이다.

나 같은 경우엔 1레벨부터 1,000레벨까지 습득할 수 있는 대부분의 전투 기술 모션을 맡았고, 현재 리버스 라이프의 모든 전투 관련 스킬은 그것들에서 파생된 것들이었다.

그리고 그중에서도 가장 많은 유저들이 플레이하게 될 500레벨까지의 구간은 정말로 내 개발자로서의 인생 대부분을 갈아 넣은 구간이었다.

그런데… 그런 수년간의 노력을 단 한 달 만에 절반가량 해치운 유저가 나오다니… 어쩐지 가슴 한편이 쓰려오는 기분이었다.

'해치워 버려! 엘리멘탈 파이브!'

듣기로 약자를 응원하게 되는 것은 본능과도 밀접한 관련이 있다고 한다. 하지만 나는 그런 본능과는 별개의 이유로 엘리멘탈 파이브를 응원하기 시작했다.

물론 누가 봐도 그들의 열세일 뿐 아니라 합공이라곤 하지만 순백의 기사와 잠시 호각을 이루었던 것을 생각하면 그들의 레벨도 그리 낮지는 않다는 결론이 나오지만… 누가 뭐래도 최악(最惡)과 차악(次惡)에는 차이가 있는 법이었다.

"누군 한 달이 넘어서도 1레벨일 동안 누구는 남이 수년간 고생한 걸 날로 먹고 있었단 말이지?"

구시렁구시렁.

"……?"

나의 중얼거림에 멍하니 싸움판을 보던 엠페러가 의문스럽다는 듯 나를 올려다보며 말했다.

"주인은 1레벨이 아니지 않나?"

"…응?"

뜬금없는 엠페러의 말에 고개를 돌리려던 찰나, 순백의 기사로부터 승부를 결정짓는 한마디가 터져 나왔다.

"피니시 무브!"

쿠구구구궁!

그의 외침과 함께 순식간에 주변 공기가 답답해지며 휘날리던 무겁게 가라앉았고, 그 광경을 지켜보던 구경꾼도, 그리고 검막으로부터 발출되는 검기를 피해 다시 한자리에 모인 엘리멘탈 파이브도 긴장된 눈으로 순백의 기사를 보았다.

물론 나만 빼고.

"피니시 무브라니……."

쯧.

모두가 순백의 기사에게 시선을 집중하고 있는 사이, 나는 가볍게 혀를 차며 뒤로 몇 걸음 물러났다. 그러자 지금껏 숨쉬기조차 불편하게 만들던 공기며 무거운 분위기는 모두 어디 갔는지 금세 청량감 가득한 공기를 마실 수 있게 되었다.

'범위는 이 정도인가? 이 정도도 꽤 대단하긴 하군.'

나는 바로 코앞, 순백의 기사의 피니시 무브가 지배하는 범위를 감지하며 다시 한 번 눈살을 찌푸렸다.

피니시 무브.

그것은 리버스 라이프에 존재하는 특별한 시스템으로, 100레벨에 한 번 습득 가능한 유저 고유의 필살기였다.

리버스 라이프에는 게임 활동을 통해 얻을 수 있는 수많은 스킬들이 존재하고, 이전까지 게임 시스템에 존재하지 않던 유저의 특별한 행동을 통해 생겨난 스킬들을 고유 스킬, 혹은 오리지널 스킬이라고 부른다.

내가 가진 스킬 중 펭귄 소드와 관련한 스킬들은 모두 이런 고유 스킬의 한 종류였으며, 얼마 전 하나로 통합된 생존 본능 스킬 역시 마찬가지로 고유 패시브 스킬이다.

그리고 이런 여러 종류의 고유 스킬 중 최고봉이 바로 피니시 무브인데, 앞서 설명한 대로 정석 루트를 통해서는 1,000레벨까지 100레벨마다 플레이 형태를 분석해 자동 생성되는 것을 얻거나 특별한 아이템을 통해 습득하는 방법밖에는 없었다.

이런 피니시 무브에는 강력한 위력 외에도 몇 가지 특별한 기능이 있는데, 그중 가장 눈에 띄는 것이 바로 조금 전 내가 빠져나온 '영역 지배'였다.

만화영화 속 주인공들이 필살기를 사용할 때면, 적들은 마치 발에 본드라도 바른 것마냥 자리에 굳어 있는 경우를 볼 수가 있는데, 이런 장면에서 착안한 것이 바로 영역 지배 기능이었다.

말 그대로 주변 일정 영역을 스킬 시전자의 권역에 넣는 것으로, 피니시 무브를 발동하여 스킬이 끝날 동안 유저는 몇 가지 강화 효과와 함께 적의 힘을 감소시키거나 움직임을 늦추는 효과를 낼 수 있었다.

물론 스킬 시전자의 능력치나 스킬 종류에 따라 차이가 나지만, 상대의 움직임을 느리게 하는 것은 공통 해당 사항이었다.

하지만 조금 전 내가 했던 것처럼 해당 범위만 벗어나면 그 효과에서 완전히 벗어날 수 있기 때문에, 피니시 무브는 말 그대로 최후의 일격을 위한 기술이라고 할 수 있었다.

강력한 기술인 만큼 스킬마다 고유의 페널티나 제한이 있기 때문에 시전이나 명중에 실패할 경우, 그 부담은 본인이 떠안게 되기 때문이다.

그렇기에 사실 지금 순백의 기사가 펼친 피니시 무브는 조금은 무모하다고 할 수 있는 수였다.

순백의 기사 본인의 능력만으로도 저들 엘리멘탈 파이브를 상대하기에 부족함이 없음에도 불구하고 감정에 못 이겨 실패하면 페널티가 생기는 스킬을 남발하는 듯한 모습이었으니 말이다.

'하지만… 그렇다고 하기엔 너무 차분하군.'

어찌 보면 실수라고도 보이는 이 상황에서 고요하게 미동조차 않는 순백의 기사였다.

한 달 사이에 마스터 레벨을 넘어섰다는 것은 사실 단순히 운이 좋아서, 아이템이 좋아서 해결되는 문제가 아니었다.

자신에게 다가온 운을 잡을 수 있는, 좋은 아이템을 효과적으로 다룰 수 있는 실력이 뒷받침되어야지만 가능한, 엄청난 성과인 것이다.

그런 뛰어난 실력과 많은 경험을 가진 유저가 제 분에 못 이겨 이토록 쉽게 실수를 한다는 것은 사실 쉽게 납득하기 어려운 일이었다.

'그만큼 자신이 있다는 건가?'

그것밖에는 이유가 없었다.

지금 순백의 기사가 일으킨 피니시 무브, 그는 그것으로 엘리멘탈 파이브를 처리할 자신이 있다는 소리였다.

'거리는… 20미터가 채 못 되는군.'

평범한 사람이라면 상당한 거리일 테지만, 각종 스텟으로 강화를 거친 유저들에게는 마음만 먹으면 한달음에 달려 나갈 수 있는 거리기도 했다.

다만, 문제는…….

'기사의 달리기 속도와 전사의 달리기 속도는 엄청난 차이가 있다는 것이지.'

중장갑을 입고 달리는 기사의 속도와 가벼운 방어구로 무장하는 전사 클래스 간에는 굉장한 차이가 있기 때문에 아무리 레벨 차이가 많이 난다고 해도 애당초 민첩 스텟에 많은 투자를 하지 않는 기사가 전사를 상대로 속도전을 하기란 어려운 일이었다.

게다가 상대인 엘리멘탈 파이브의 전원은 방어구라곤 색이 칠해진 마스크 헬름에 하얀색 장갑과 부츠, 쫄쫄이뿐. 속도전이라면 지려야 질 수가 없는 상태인 것이다.

'이대로 기사 쪽이 달려들고 저들이 회피를 한다면 아무리 영역 지배가 있다고 하더라도 따라잡기는 요원할 터. 무슨 생각인지 모르겠군.'

게다가 상대는 세 명이었다.

만약 저들이 스킬이 발동하는 순간 동시에 세 곳으로 퍼져 나간다면, 근접형 전투 스타일을 가진 성기사 클래스의 스킬로는 도망가는 그들을 동시에 처리할 수도 없을뿐더러 스킬이 실패하고 나면 어떻게든 페널티가 있을 테니 그들을 상대하기에 더욱 힘들어질 수밖에 없을 것이었다.

그때, 이런 사실을 엘리멘탈 파이브 역시 깨달은 것인지 셋의 고개가 서로를 마주 보며 몇 번 끄덕이는 것이 보였다.

"이젠 정말 힘들게 됐군."

저들 셋이 바보라는 것을 감안하여 만약 피니시 무브를 발동한 직후 달려들었다면 어느 정도 가능성이 있었을지 모르지만, 자신들의 유리함을 인지한 이상 저 셋을 단숨에 처리하는 것은 순백의 기사가 아무리 뛰어나더라도 힘들었다.

물론 이 영역 지배 효과를 이용해 피니시 무브를 완성하지 않은 채로 버프 효과만을 받으며 싸우는 수단도 있지만, 영역 지배의 짧은 지속 시간과 이런 기능의 악용을 막기 위한 피니시 미발동 시의 페널티를 생각하면 생각하기 힘든 작전이었다.

이런 상황을 하나둘 눈치채기 시작한 것인지, 피니시 무브를 발동한 것에 대해 흥미진진하게 싸움을 바라보던 이들도 어느새 조금 실망한 듯한 얼굴로 바라보기 시작했다.

하지만 주변의 분위기에 굴하지 않겠다는 듯, 순백의 기사는 어느새 앞으로 돌진하려는 듯한 자세를 잡으며 말했다.

처억!

"…너희는 기사의 차지를 본 적이 있나?"

'차지!'

'차지로 오는군!'

차지라 함은 힘을 모아 돌격하거나 밀쳐 내는, 따로 습득하지 않아도 되는 공통 스킬이지만, 기사가 사용하는 차지는 조금 달랐다.

기사 특유의 무거운 장비가 만들어내는 강력한 힘과 기사 클래스의 주 무기인 커다란 랜스나 실드는 그 위력 면에서 보통 직업군의 차지와는 궤를 달리하게 만들었다.

뿐만 아니라 직선 돌격형의 차지 스킬은 달려 나가는 동안 엄청난 가속도가 붙기 때문에 후방이나 측면 방어에 취약해진다는 약점이 있는 대신 전방의 적에 한해 일격필살, 절대의 명중률을 자랑하는 스킬이기도 했다.

하지만······.

'그렇다고 한들 크게 나아지는 것은 없을 것 같은데······.'

물론 저렇게까지 자신하는 공격이라면 분명 저들 셋 중 한 명은 죽을 것이다. 하지만 앞서 말한 대로 피니시 무브의 종료 시에는 스킬별로 페널티가 존재하며, 애당초 차지 스킬 자체는 위력을 위해 방어를 포기하는 만큼 만약 저들 중 두 명이 한 명을 미끼로 돌격 직후의 측면을 공략한다면 치명상을 피할 수 없을게 빤했다.

하지만 아무리 봐도 경험 많은 순백의 기사가 생각 없이 그런 무모한 짓을 벌일 리는 없다고 생각되니, 그야말로 아이러니라고밖에는 할 수 없는 상황이었다.

"솔직히 죽이고 싶은 마음까진 없었지만, 오늘 여러모로 수모를 당한 탓에 기분이 안 좋아서 말이지··· 그래도 한 방씩에 보내줄 테니 걱정 말라고."

꾸우욱!

여전히 여유만만, 정말로 차지를 준비하는 듯 검조차 양손으로 들며 말하는 그를 보며 긴장한 기색이 역력한 엘리멘탈 파이브가 서로를 향해 고개를 끄덕였다.

그 비장미 넘치는 모습을 보건대··· 아마도 그들 사이에서 희생양을 정한 듯싶었다.

바로 그때, 순백의 기사가 이런 긴장된 균형의 종지부를 알렸다.

"슬슬 지속 시간이 끝나가는군. 이제 보여주지… 기사의 차징을!"

부오오오오!

그의 말이 끝나기 무섭게 새하얀 바람이 몰아치는가 싶더니, 이내 주변을 감싼 공기가 한층 더 무겁게 공간을 내리눌렀다.

몰려든 하얀 바람의 절반은 순백의 기사의 발에 머물렀고, 나머지 절반은 그의 등 뒤로 모여들어 한 쌍의 새하얀 날개를 만들어내었다.

그 모습은 그가 입고 있는 하얀 갑옷과 번쩍이는 하얀 검에 어우러져 마치 지상에 강림한 천사를 연상시켰지만, 그의 외침과 함께 시작된 파괴의 폭풍은 그런 생각을 다시 접어놓게 만들었다.

"피니시 무브! 그랜드 랜스으으!!"

추파아앗!!!

주변을 쩌렁쩌렁 울리는 목소리와 함께 앞으로 쏘아져 나가는 그의 몸은 각종 버프와 주변에 모여든 바람의 효과로 중간 과정이 생략된 듯, 순식간에 엘리멘탈 파이브의 눈앞에 나타났다.

그들은 각자 순백의 기사의 양옆, 그리고 뻗어오는 칼의 범위를 피해 뒤로 뛰어올랐다.

파파팟!

미리 준비하고 있던 탓인지 양옆으로 뛰어오른 블루와 그린은 여유롭게 차징의 범위에서 벗어날 수 있었고, 미끼 역할이 된 레드 역시 의외로 칼끝에 아슬아슬하게 닿지 않는 범위까지 뛸 수 있었다.

하지만…….

푸우욱!

"크으윽… 이런 젠장……."

"후후, '그랜드 랜스'라고 하지 않았나."

순백의 기사의 검으로부터 생성된 새하얀 빛의 랜스는 레드의 복부를 깊게 관통하고 있었다.

레드는 자신에게 주어진 마지막 순간, 날개가 사그라들고 있는 순백의 기사의 양옆으로 돋아나는 푸른색과 녹색의 날개를 보며 작게 중얼거렸다.

울컥!

"하지만… 끝이 아니……."

"맞아, 끝이 아니지."

피를 토하며 마지막 말을 중얼거리는 레드에게 맞장구친 순백의 기사가 그의 양어깨로 파고드는 두 둔기의 기척을 느끼며 다시 한 번 중얼거렸다.

"피니시 무브, 더블 피어스!"

콰자작! 푸슉!

"커헉!"

"끄허억!"

순백의 기사가 양손으로 쥐고 있던 검에서 한 손을 떼어내며 말하는 순간, 그의 양옆을 공략해 오던 블루와 그린의 복부에서 굵은 핏줄기가 솟구쳤다.

풀썩!

그린과 블루는 각자 자신의 배에 뚫린 커다란 구멍을 보면서 믿을 수 없다는 듯, 당당한 자세로 빛으로 이루어진 창 두 개를 쥐고 선 순백의 기사를 올려다봤다.

"잊었나? 200레벨 유저의 피니시 무브는… 최소한 두 개라고."

"이런… 사기꾼……."

파아아앗!

"커헉!"

그야말로 사기라고밖에는 할 수 없는 상황에 몇 마디 말을 중얼거린 그린이 먼저 빛으로 화해 사라졌고, 블루는 입으로 피화살을 뿜으며 비틀비틀 자리에 섰다.

"호오, 이걸 정통으로 맞고도 아직 살아 있다니, 대단하군. 그 양동이가 대미지를 반감시켜 준 건가?"

블루와 마찬가지로 커다란 구멍이 뚫린 양동이는 본래의 멋 들어진 사자 문양은 어디 갔는지 그 틈새로 깨진 얼음 조각들을 흘리고 있었다.

그렇게 구멍 난 배와 양동이를 보며 비틀거리던 블루는 헬름 의 마스크를 올리며 무언가 할 말이 있다는 듯 뻐끔뻐끔 입을 벌렸다.

그런 블루의 인내와 행운에 작게 웃음 지어 보인 순백의 기사 는 자신의 이름을 더욱 드높여 줄 제물의 마지막 유언을 들어주 고자 헬름까지 벗고, 직접 곁으로 다가가 귀를 기울였다.

그러자 뻐끔뻐끔 핏방울만 뿜어져 나오던 블루의 입에서 작 은 목소리가 흘러나왔다.

"아이스……."

"……?"

"…빠께쓰!"

퉁!

"……!"

너무 예상 밖의 일이었던 탓일까, 순백의 기사는 자신의 어깨

부근을 때리는 블루의 양동이에 전혀 반응하지 못했다. 하지만 이미 앞선 상황에서 많은 강화 버프를 걸어둔데다가 죽기 직전의 아무런 힘이 들어가 있지 않은 블루의 공격은 그에게 아무런 대미지도 주지 못했다.

하지만 순백의 기사는 그렇지 않다는 듯, 무서운 눈으로 블루를 노려봤다.

그러자 블루의 입에서 조금 전과는 달리 조금 더 힘 있는 목소리가 들려왔다.

"후후… 한 방 먹였다. 오늘도 나 혼자 두 대 때렸으니… 나머지는 우리 레드랑 그린이… 해, 해줄 거다……."

"후후… 크흐흐흐… 그렇군… 그래……."

블루의 말에 실성한 듯 웃어 보이며 중얼거리던 순백의 기사는 이내 뚝 웃음을 그치며 서늘한 시선으로 말했다.

"좋아, 기대하지."

처억!

그 말을 끝으로 돌아서는 그의 등 뒤에는 빛으로 화해 사라지는 한 사람의 모습이 있었다.

그리고 돌아선 그의 앞에서는…….

우와아아아!

와아아아!!

주변을 가득 매우는 함성이 2연속 피니시 무브라는, 상식을 깨는 기술을 보여준 순백의 기사에게 쏟아졌다.

짝짝짝!

"흠, 대단하군. 새로운 피니시 무브의 발동으로 페널티를 상쇄하고 강력한 공격을 연속으로 사용하다니… 정말 생각지도 못한 기술이야."

나 역시도 전혀 떠올려 보지 못한 기술의 응용법에 순수한 감탄의 박수를 보내며 점차 멀어져 가는 순백의 기사의 등을 가만히 쳐다보았다.

그러다 이내 그가 돌아섰던 곳에 덩그러니 남아 있는 푸른색의 마스크 헬름을 보며 중얼거렸다.

"재밌군… 이 게임… 생각보다 훨씬 재미있어."

짝! 짝! 짝!

어쩌면… 남쪽의 파라다이스 말고도 이 게임에는 내가 즐길 거리가 더 많겠다는 생각을 하게 된 날이었다.

Chapter 2

백수

"우흐흥~ 으흠흠~ 응? 왜?"

"……."

"……."

경쾌하고도 신나는 발걸음에 맞춰 콧노래를 부르던 나는 내 뒤로 꽂히는 이유 모를 시선에 고개를 돌려 시선의 주인들을 보았다.

"왜? 어디 더 구경 가고 싶은 곳이라도 있어?"

"……."

"……."

알 수 없는 시선으로 올려다보는 엠페러와 게슴츠레 관찰하는 벨라의 모습에 고개를 갸웃거리던 나는, 고개를 흔드는 것으로 대답을 대신하는 둘을 보면서 가볍게 어깨를 으쓱여 보이곤 다시 기분 좋은 콧노래를 부르며 걸음을 옮겨 나갔다.

속닥속닥.

"주인이… 주인이 이상하다, 엘프."

"내가 보기에도 그래… 아까 싸움 구경하다 튄 파편에 머리라도 맞은 거 아닐까?"

"아니, 그보다는 우리 몰래 뭘 먹다가 잘못됐다는 게 주인의 성격에 더 맞을 거 같은데."

'다 들린다, 이것들아.'

자기들 딴에는 속삭인다고 하지만 몇 걸음 떨어져 있지도 않은 곳에서 쑥덕거린다고 한들 못 들을 내가 아니었다.

'아니, 내 성격이 어때서 나 혼자 뭘 먹었을 거라고 생각하는 거야?'

엠페러의 말에 내심 기분이 상한 내가 불쑥 고개를 돌리며 조금 떨어져 걷는 둘을 향해 물었다.

"뭘 그렇게 속닥거려? 응? 무슨 재미난 이야기를 그렇게 하고 계실까아~?"

"뭐, 뭣! 주인, 우리는 아무 말도 안 했다!"

"마, 맞아! 우리는 그다지 별다른 말은……."

"응? 그럴 리가. 분명 머릴 맞대고 뭐라고 하는 거 같았는거얼~?"

직감적으로 분위기가 좋지 않음을 느낀 것인지 필사적으로 부인하는 엠페러와 벨라였지만… 나도 알아낼 방법이 있지.

빠안히—

두 눈을 동그랗게 뜨고 날개까지 파닥이며 거세게 부정하는 엠페러를 무시한 채 나는 눈을 돌려 벨라의 후드 속 눈동자에 시선을 맞췄다.

그러자…….

스으윽—

뻣뻣.

자연스럽게 모로 돌아가는 시선과 순식간에 경직되는 움직임이 지금 벨라의 심정을 말해주고 있었다.

'세상 경험이 적은 엘프는 이렇게 티가 나는군. 칸 녀석은 거짓말을 밥 먹듯이 했는데 말이야.'

진실을 꿰뚫어 보고 진실만을 말한다는 콘셉트를 가진 엘프족답게 거짓말에 과장되게 반응하는 벨라의 모습을 보고 있자니, 능글맞은 웃음을 지으며 아무렇지 않게 거짓말을 하던 칸의 얼굴이 떠올랐다.

'그러고 보면 콘셉트는 콘셉트일 뿐인가 보군.'

물론 엘프 마을에서 만나본 칸을 제외한 엘프들은 다들 콘셉트에 충실한 모습이었지만, 전사장으로서 세상 물을 좀 먹은 칸은 전혀 그렇지 않던 것을 보면, 아마도 엘프 족의 콘셉트란 것은 대대로 내려오는 교육으로 만들어지는 것이 아닐까 하는 생각이 들었다.

애당초 모든 것에 진실만을 말하고, 말속의 거짓마저 알아차린다면… 자기들끼리야 어떨지 몰라도 다른 종족 간 소통에는 엄청난 불편이 따를 테니 말이다.

'거짓을 꿰뚫어 본다는 것도 완전 구라고 말이지.'

이제 와 하는 말이지만, 훈련이 너무 힘들다 싶을 땐 꾀병도 부렸고, 처음 탈출 계획을 세웠을 때도 거짓말로 위기를 모면했으니, 애당초 엘프에게 그런 능력은 없는 게 분명했다.

그런 엘프의 콘셉트가 생겨난 이유를 유추해 본다면 아마도……

"왜, 왜왜왜왜… 그런 누누누눈으로……."

뻣뻣.

'이런 모습을 보고 거짓말을 한다는 것을 못 알아보긴 힘들 테니까… 자기들끼리 거짓말을 알아본다는 것은 통용될 만한

얘기긴 하군.'

뭐, 그것도 칸처럼 익숙해진다면 소용없기는 하겠지만 말이다.

"흠, 그래, 봐줬다."

슥―

시선을 피하다 보니 어느새 눈동자가 양옆으로 향하기 시작하는 벨라를 보며 조금 연민을 느낀 내가 적당히 용서의 말을 내뱉자, 그때를 기다렸다는 듯 엠페러가 화제를 바꿨다.

"주인, 그런데 우리 어디 가는 건가?"

"응?"

뜬금없는 엠페러의 말에 시선을 아래로 내린 나는 순진무구한 눈망울의 엠페러를 보며 다시 한 번 말했다.

"…응?"

"……."

내 대답을 통해 엠페러도 무언가를 느낀 것일까?

잠시 말없이 서로를 쳐다보던 우리는 동시에 입을 열었다.

"난 네가 구경 가는 걸 따라……."

"난 주인 뒤통수만 보고……."

…그러고는 다시 닫혔다.

"……."

"……."

휘잉—

여태 바람 한 점 불지 않던 곳에 느닷없이 바람이 들며 우리 사이의 정적을 조금 더 극적으로 만들어주던 찰나, 내가 손뼉을 치며 말했다.

짝!

"맞다! 그러고 보니 그걸 확인하려고 했지!"

"……?"

"……?"

내 뜬금없는 행동에 의문을 느낀 것일까?

엠페러와 벨라의 고개가 동시에 모로 꺾였지만, 나의 관심은 이미 다른 곳으로 가 있었다.

'아까부터 아이템이랑 스테이터스를 확인하려고 했는데… 어쩐지 타이밍이 맞질 않아서 완전히 까먹고 있었네.'

아이템을 떠올렸을 때도, 스테이터스를 떠올렸을 때도 다른 일에 휘말리거나 해서 잠시 확인을 미뤄놨던 것이 정적 덕분에 기억났다.

"그럼 우선… 인벤토리!"

이 게임을 하며 인벤토리를 열어본 것이 언제였을까. 아니, 생각해 보면 넣어둔 것이 없으니 열어본 적 없다는 게 답인 것 같았다.

'하지만 분명 금모원왕과 지하악왕을 잡았을 때 무언가를 얻었다고 나왔으니, 운 좋으면 돈이 조금 들어 있을지도 모르지.'

생각해 보면 보스를 잡은 만큼 무언가 굉장한 아이템을 얻었을 가능성도 있고, 그렇다면 앞으로의 여정에 어떻게든 도움이 될 수 있을 터였다.

하지만… 인벤토리를 열어본 나는 생각지도 못한 광경에 당황할 수밖에 없었다.

"으잉? 이게 다 뭐야?"

번쩍번쩍—

인벤토리 안에서 온갖 빛깔로 번쩍이는 아이콘들은 그들이 새로 습득한 물품들임을 알려왔고, 빼곡히 들어찬 그곳에는 한눈에 보기에도 범상치 않아 보이는 것들이 잔뜩 있었다.

나는 그중에서도 유달리 눈에 띄는 천 하나를 끄집어냈다.

사라락—

"으응? 로브?"

흘러내리는 소리조차 부드럽게 이끌려 나온 그것은 한 벌의 로브로, 새하얀 바탕에 신비로운 금빛을 뿌리는 자수가 머리의 후드에서부터 밑단까지 나무줄기처럼 이어진, 고급스러운 물건이었다.

"정보!"

〔금모원왕의 가죽〕

내구도 : 500/500

방어력 : 300

마법 방어력 : 800

착용 제한 : 없음

추가 옵션 : 독 저항 +500 / 3클래스 이하 마법 무효화 / 내구도 자동 수복

설명 : 숲의 지배자를 놓고 싸우던 금모원왕의 털로 짜인 로브로, 금모원왕의 가죽이라는 이름이 붙여졌다. 로브의 하얀 부분은 원왕의 부드러운 가슴 털로 만들어져 매끄러우며, 수를 놓은 금빛 털은 금모 원왕의 기운을 머금어 마법에 대한 강력한 저항력을 지닌다. 또한 금모원왕의 강력한 재생력을 고스란히 간직한 로브는 파괴된 부분을 자체 수복하며, 숙적이었던 지하악왕의 독기에 저

항하는 힘을 갖고 있다.

　쨰나 심플하게 보이는 옵션과 기다란 설명을 가지고 있는 아이템은 아직 가치를 제대로 알지 못하는 나로서도 확실히 알아차릴 만큼 고급품이었다.

　물론 옵션의 가치가 어떤지는 전혀 알지 못하지만, 외견만으로도 상당한 가격을 받기에 충분해 보이니 보스 몬스터에게서 습득한 장비로 부족함이 없어 보였다.

　'흠… 디자인을 보니 돈 좀 나가겠네.'

　물론 이런 나의 생각과는 달리 사실 이 아이템의 진정한 가치는 심플하게만 보이는 옵션에 있었지만… 나로선 아직 알 수 없는 부분이었다.

　그렇게 아이템을 들고 감정을 하고 있는 그때, 문득 하늘하늘 날리는 로브의 뒤편으로 거적때기를 쓰고 있는 벨라의 모습이 보였다.

　'일단… 줄까?'

　아이템의 가치가 어떤지는 알 수 없지만 벨라에겐 당장 새로운 로브가 필요한 상황이기도 하고, 만약 아이템이 필요하다면 도로 받으면 되는 것이니 어려울 것 없는 결정이었다.

　"자, 벨라. 받아."

"엑? 하지만 엄청 좋아 보이는 물건인데……."

"줄 때 받아. 너한텐 이런 게 어울려."

턱!

"아……."

한눈에 봐도 고급스러운 로브의 모습에 부담을 느끼는지 사양부터 하고 보는 벨라에게 억지로 로브를 떠넘긴 나는 어두컴컴한 로브 안쪽으로 선명하게 보이는 붉은 목덜미를 보며 잠시 고개를 갸웃거렸다.

그러다 이내 눈앞에 나타난 시스템 창에 시선을 돌렸다.

〔정말로 가디언에게 아이템을 선물하시겠습니까?〕

'거참, 귀찮게 하네.'

나는 눈앞에 나타난 시스템 창의 Y 버튼을 누르면서 눈살을 찌푸렸다.

'가디언이 되니까 오히려 귀찮은 시스템이 많아졌어.'

가디언, 직역하면 수호자라는 의미인 이것은 리버스 라이프 속 비전투 계열 직업군과 직접 전투를 꺼려하는 사람들을 위해 마련된 시스템으로, 말 그대로 유저를 보호하는 NPC를 말하는 것이었다.

이를 두고 돈을 주고 용병 NPC를 고용하는 것과 무슨 차이가 있느냐는 생각을 가지는 사람도 있겠지만, 가디언은 유저가 직접 계약 관계를 해지하거나 계약 시 지정한 계약 내용을 위반하지 않는 한 무한정 데리고 다닐 수 있기에 일회성에 한하는 용병과는 완전히 다르다고 할 수 있었다.

뿐만 아니라 소환수처럼 소환 해제를 못하는 것뿐이지, 전투와 아이템을 통해 강해지고, 필요에 따라 스킬을 추가로 습득하거나 전직까지 시킬 수 있으니, 어떤 면에서는 소환수보다도 나았다.

'하지만 말이야…….'

〔호감도가 올랐습니다.〕

반짝반짝—!

초롱초롱한 눈으로 나와 로브를 번갈아 보며 함박웃음을 짓는 벨라를 향해 어색한 미소를 보여준 나는 대폭 증가된 호감도 알림을 제거하며 말했다.

"능력치에 영향을 주는 호감도 시스템이 잘못됐다는 건 아니지만, 영 부담스럽단 말이야……."

중얼.

가디언과의 유대 관계가 높아짐에 따라 충성심이나 능력치가 상승한다는 정보는 정식으로 벨라가 가디언으로 등록되었음을 알게 되었을 때 확인한 부분이지만, 별거 아닌 행동에도 꾸준히 호감도가 오르며 이전에 없던 반응을 보이니 불편한 마음이 들었다.

"응? 방금 뭐라고 했어?"

"어? 아니, 아무 말도… 아! 그 로브 잘 어울리네."

"에? 그래? 으헤헤헤……."

〔호감도가 올랐습니다.〕

칭찬 한마디에 벌쭉 웃으며 바보 같은 표정이 되는 벨라를 보며 작게 한숨을 내쉬었던 나는 문득 옷자락을 흔드는 감각에 고개를 돌렸다.

"……."

초롱초롱—

'이 녀석, 눈이 원래 이랬던가?'

평소엔 펭귄답게 작은 눈에 여자만 보면 음침한 기운을 흘리던 녀석인데, 어째선지 지금은 커다란 눈망울에 순수함만을 가득 담은 채 불쌍하게 나를 올려다보고 있었다.

"너한테 어울릴 만한 게 있는지 찾아볼 테니까……"

스륵—

나의 대답이 떨어지자 그제야 내 옷자락을 잡던 날개의 힘이 풀렸다.

반짝반짝!

"……"

물론 시선은 여전했지만 말이다.

그 부담스러운 시선 탓에 나는 뜻밖의 횡재에 기뻐할 시간도 없이 재빨리 인벤토리 창을 뒤적이며 엠페러에게 어울릴 만한 아이템을 찾아 나갔다.

"이것도 아니고… 저것도 아니고……"

처음 인벤토리를 열었을 땐 다양하고 진귀해 보이는 수많은 아이템의 모습에 설렘을 느낀 나였지만, 엠페러의 아이템을 찾아주면서 누가 봐도 펭귄이 쓸 수 있을 만한 아이템이 보이지 않는다는 것을 깨닫고는 시간이 갈수록 뜨거워지는 시선에 숨이 턱턱 막히는 기분이었다.

초롱초롱초롱초롱초롱초롱—

"자, 잠깐! 알았어, 금방 찾아줄 테니까……!"

잠시 딴생각을 한 사이 거의 광학 레이저를 방불케 하는 어마무시한 시선에 질색하며 엠페러를 진정시킨 나는 녀석이 좋아할 만한 것에 대해 진지하게 고민하기 시작했다.

'이 녀석이 좋아할 만한 물건이라… 무언가… 여자 속옷 같은 것은 없나?'

아무리 생각해 봐도 떠오르는 물건이라곤 그런 것밖에는 없었다.

물론 그런 물건이 보스 몬스터의 드롭 아이템으로 나올 리는 절대 없겠지만, 엠페러를 생각했을 때 녀석이 가장 좋아할 만한 물건은 역시나 그런 것이었다.

'검은… 녀석이 검인데 필요 없겠고, 갑옷? 인간형 사이즈라 전혀 안 맞겠네… 일반 무기나 방어구들은 전부 인간을 기준으로 제작된 거 같은데……'

그나마 쓸 만해 보이는 장비는 벨라에게 선물했던 것과 마찬가지로 로브 하나뿐이었다.

"정보!"

〔지하악왕의 가죽〕

내구도 : 500/500
방어력 : 2,000
마법 방어력 : 1,000

착용 제한 : 없음

추가 옵션 : 독 저항 +800 / 5클래스 이하 독 면역 /
베기 면역 / 내구도 자동 수복

설명 : 숲의 지배자 자리를 놓고 싸우던 지하악왕의 가
죽을 무두질해 만든 가죽 재질의 로브다. 가죽 재질이라
곤 하나 많은 무두질을 통해 실크만큼이나 부드러운 촉
감과 신축성을 자랑한다. 지하악왕의 기운을 그대로 간직
한 가죽은 독기에 강력한 면역력을 가지며, 숙적인 금모
원왕의 강력한 권격과 날카로운 발톱에도 상처 나지 않
던 만큼 막대한 방어력과 함께 베기에 의한 피해에 면역
을 가진다.

* 베기 면역 : 효과에 의해 보호되는 부위는 베기 공격
의 대미지만을 입을 뿐, 출혈, 베임, 절단의 상태 이상에
영향을 받지 않는다.

'그냥 봐서는 이게 금모원왕의 가죽보다 더 좋아 보이는데?'

전투의 분석이라면 모를까, 아이템에 관해서는 거의 아는 바
가 없는 나로서는 이 아이템의 옵션들이 얼마나 가치가 있는지
알 수 없지만, 그래도 '베기 면역'이라는 옵션의 효과는 나조차

도 확실히 알 수 있을 만큼 뛰어난 옵션이었다.

'분명 좋은 아이템이긴 하지만… 그렇다고 이걸 엠페러에게 주기는 좀 그런데…….'

물론 소환수인 엠페러에게 입히기엔 아깝다든지 하는 이유는 아니었다.

단지 아이템의 옵션부터가 애당초 무지막지한 방어력과 체력을 가진 엠페러에게는 도움이 되지 않을뿐더러 무엇보다 중요한 것은…….

'이거… 기장이 엄청 길잖아!'

사람이 입는다고 해도 성인 남성 정도나 되어야 밑단이 바닥에 끌리지 않을 것 같은 이 로브를 만약 엠페러에게 입힌다면 앞으로 게임 내내 로브로 바닥을 쓸고 다니는 모습을 봐야만 할 터였다.

'그럼 대체 뭘 줘야 하나…….'

이대로 모른 척하고 넘어가기엔 이미 너무 먼 길을 와버렸다.

차라리 근처에 잡화점이라도 있다면 인벤토리에 있는 물건들을 처분해서 마음에 드는 물건을 고르게라도 시킬 수 있겠지만… 지금 우리가 있는 곳은 옹기종기 작은 집들이 모여 있는 곳으로, 싸움 구경 이후 흥이 난 나머지 목적지도 없이 떠돌다가 도착한 곳이었다.

이런 곳에서 엠페러의 흥미를 끌거나 마음에 들 만한 물건을 구할 수 있을 리 없으니, 어떻게든 내 인벤토리 내에서 해결해야 했다.

'으음… 이럴 때 주머니에서 작년에 받은 세뱃돈이 튀어나오는 것처럼 뭐라도 나와준다면…….'

나는 부질없는 짓이라는 것을 알고 있지만 옆에서 느껴지는 부담스러운 시선에 차마 손을 쉬고 있을 수 없어 결국 아무것도 없을 바지 주머니에까지 손을 넣었다.

그런데…….

딱딱.

"…응?"

어째선지 주머니에 넣은 손을 통해 무언가 이상한 감촉이 느껴졌다.

딱딱하고… 맨들맨들하고… 둥그런…….

'이건……!'

쑤욱!

이걸 주머니 속에 넣어둔 게 언제였단 말인가, 나는 까마득한 옛 기억을 더듬으며 주머니에서 그 물건을 꺼내 들었다.

반짝!

'여태 안 잃어버린 게 용하군.'

햇빛을 받아 영롱한 빛을 흩뿌리는 그것은 일전에 벨라가 폭주하여 엠페러를 찾아갔던 날, 뒤를 따라가던 내가 자이언트 쉘의 시체에서 발견한 진주였다.

진주를 주운 직후 엠페러를 만난 것부터 시작해 매일매일이 정신없던 탓에 잊어버리고 있었건만, 그런 아수라장 속에서도 용하게 여태 가지고 있다는 것이 신기할 따름이었다.

'뭐… 돈 될 만한 게 늘어난 건 좋지만…….'

반짜—악!

예나 지금이나 영롱한 빛을 발하는 진주는 그 가치가 짐작이 가지 않을 만큼 아름답지만, 지금 필요한 것은 이런 진주가 아니라 엠페러를 만족시킬 무언가였다.

'그래도… 혹시 모르니까…….'

엠페러라면 이런 보석류보다는 한 장의 여자 속옷을 더 좋아할 거란 생각이 들었지만, 그래도 혹여나 하는 마음에 슬쩍 엠페러에게 진주를 굴려줘 보았다.

데구르르르— 툭.

"……."

"……."

역시나라고 해야 할까, 좀 전까지의 반짝이는 눈길은 다 어디 갔는지 어두침침한 시선으로 자신의 발끝에 닿은 진주를 가만히 쳐다보던 엠페러가 나를 올려다봤다.

스윽─

움찔!

'여, 역시 아닌가?'

스윽─

그러고는 스윽, 진주를 보았다가 다시 한 번 쓰윽 나를 올려다보기를 여러 번. 역시 실패라는 생각에 진주를 향해 슬쩍 손을 뻗어가던 나는 이내 엠페러의 행동에 잠시 손을 멈춰야만 했다.

툭툭─!

데굴데굴─

양 날개로 진주를 좌우로 굴려보던 엠페러가 문득 진주를 한 자리에 고정시켰다.

그러고는……

풀썩!

"……."

"……."

깔고 앉았다.

'이 녀석… 좋아하고 있다?!'

정확히는 깔고 앉았다는 표현보다는 자신의 두툼한 뱃살과 가랑이 사이에 진주를 욱여넣은 모습이지만, 그냥 보기엔 진주 위에 걸터앉은 것처럼 보였다.

게다가…….

꿈지럭꿈지럭.

자리를 다시 잡는 것인지 진주 위에서 몸을 이리저리 비비던 엠페러는 이내 새로 잡은 포지션이 마음에 들었는지 만족한 게 분명한 홍조 띤 얼굴로 나를 향해 날개를 치켜세우며 말했다.

척!

"마음에 든다, 주인!"

"그, 그래… 마음에 든다니 다행이네……."

정말 마음에 들었는지 흥분 가득한 목소리로 말하는 녀석을 보며 예상치 못한 결과에 당황해 떨떠름한 표정을 지었지만, 이내 좋은 게 좋은 거라고 스스로 납득했다.

'그러고 보니… 황제펭귄은 저런 식으로 알이랑 새끼를 품던가?'

펭귄에 대한 지식은 일반 상식 수준밖에는 없기에 확실치는 않지만, 얼핏 그런 내용을 본 것 같았다.

흐뭇―

배시시.

나는 뿌듯한 표정으로 진주를 품고 있는 엠페러와 로브에 수놓인 자수를 볼에 비비며 배시시 웃고 있는 벨라를 보며 한차례 거센 폭풍우가 지나갔음을 느끼고 자리에 주저앉았다.

'후… 힘들군.'

아이 둘을 키우는 부모의 심정이 이러할까. 차별 없이 키우고 싶다는 마음에 양쪽 다 챙기다 보니 무리하게 되는…….

'뭐, 자식은 아니긴 하지만…….'

그래도 각자 선물을 받고 기뻐하는 모습을 보고 있으니 나 역시도 흐뭇한 기분이었다.

'다음부턴 미리 두 개씩 준비했다가 줘야겠어.'

되도록 귀찮은 일은 피하고 싶긴 하지만, 어차피 가디언이나 소환수를 강화시키는 데 있어서 아이템은 필수 불가결한 요소였으니 그나마 가장 현실적인 방법이라고 할 수 있었다.

'그럼 어디, 마저 구경을 해보실까?'

여태 본의 아니게 열심히 아이템 구경을 하던 나지만, 쫓기는 마음에 이 잡듯 살펴보는 것과 편안한 마음으로 감상을 하는 것에는 차이가 있기에 만족해하는 둘 사이에 자리를 잡았다.

그리고 그날, 케이안 성 외곽 마을에서는 저녁 늦게까지 정체를 알 수 없는 음침한 웃음소리들이 울려 퍼졌다.

꽤나 보람찬 하루였다.

어제 하루에 대한 나의 평가를 매기자면 그랬다.

상당히 재미난 싸움을 보기도 했고, 잊고 있던 아이템의 존재를 떠올려 막눈으로 봐도 좋아 보이는 아이템을 잔뜩 발견하기도 했으며, 무엇보다 가디언과 소환수까지 만족시킬 수 있었으니… 굉장히 좋은 하루였다고 할 수 있었다.

그리고 그 만족스러운 하루의 결과물을 잔뜩 늘어놓은 나는 입꼬리가 내려갈 줄을 몰랐다.

번쩍번쩍!

'쓸 만한 것들은 이 정도로군.'

나는 좌판마냥 바닥에 늘어놓은 아이템들을 보면서 한쪽에 분류해 둔 몇 가지 장비를 집어 들었다.

"정보!"

〔금빛 엄니〕

내구도 : 10,000/10,000

공격력 : 1,100

착용 제한 : 없음

추가 옵션 : 찌르기 공격력 +1,000 / 암살자 계열의 스킬 효과 강화

설명 : 알 수 없는 괴수의 송곳니에 손잡이를 달아 만든, 간단한 구조의 단검. 송곳니의 형태를 그대로 가지고 있기 때문에 휘두를 때는 단단한 둔기에 불과하지만, 찌를 때의 날카로움은 철갑을 꿰뚫는다.

〔악어가죽 워커〕

내구도 : 3,000/3,000

방어력(공통) : 300

착용 제한 : 없음

추가 옵션 : 험지에서 움직임 보정 / 진흙 위에서 이동 속도 10% 증가 / 민첩 +100

설명 : 고급 악어가죽으로 제작된 튼튼한 워커. 투박한

모양이지만 기능에 충실한 만큼 지형이 험한 곳에서 강력한 성능을 발휘한다.

〔몽키즈 핸드〕

내구도 : 1,500/1,500
방어력(공통) : 400
착용 제한 : 없음
추가 옵션 : 아이언 그랩 / 몽키가 들어간 아이템의 효과 상승

설명 : 팔목까지 올라오는 형태의 장갑에 원숭이의 특성이 부여됐다. 착용 시 강력한 악력과 흡입력을 부여해 손에 쥔 물건을 절대 놓치지 않는다. 장갑에 걸린 마법의 효과로 원숭이와 관련한 물건에 추가 능력치를 부여한다.

금빛으로 빛나는 원뿔형의 단검, 검은색의 투박한 워커, 팔목까지 덮는 기다란 장갑까지… 겉으로 보기엔 별 볼일 없는 물건들의 향연이지만, 이 물건들은 내가 가진 여러 아이템 중 고르

고 고른, 가장 쓸 만해 보이는 아이템들이었다.

어차피 아이템에 달린 스텟 따위의 옵션은 얼마가 붙어야 좋은 건지조차 모르는 나로서는 아이템에 붙은 수치와 관련한 옵션을 배제하고 착용했을 때 가장 실용적일 만한 물건들을 고른 것이었다.

실제로 악어가죽 워커의 '험지에서의 움직임 보정' 효과는 사실상 도시를 제외한 게임 내 대부분의 공간이 오프로드인 것을 떠올리면 당연히 실용적일 수밖에 없고, 몽키즈 핸드 역시 뒤에 따라붙은 해괴망측한 옵션은 차치하더라도 악력을 증가시켜 손에 잡힌 물건을 떨어뜨리지 않는 효과는 대단히 쓸 만한 옵션이었다.

물론 보통의 유저들이야 의미 없는 옵션처럼 느낄지 모르지만… 애당초 손잡이가 없는 것을 들고 휘두르기에는 아주 안성맞춤인 물건이었다.

스윽―

"……."

"…뭔가, 주인?"

"아니, 아무것도."

갸웃―

내 싱거운 대답에 가볍게 고개를 갸웃거린 엠페러는 이내 관심 없다는 듯 다시 자신이 품고 앉은 진주를 보며 헤실헤실 웃어 보였다.

나 역시 그런 엠페러로부터 신경을 끄고 마지막으로 금빛 엄니를 집어 들었다.

'뭐, 금빛 엄니 같은 경우엔 딱히 대단한 옵션도 아니고, 엠페러가 있는 이상 큰 의미는 없지만… 그래도 사람 일이란 모르는 것이니까 말이지.'

성 쓸데가 없다 싶으면 벨라에게 쥐어줘도 될 것이다.

주 무기가 방패라고는 하지만, 엘프 비전을 익힌 벨라는 대부분의 무기를 다룰 수 있고, 타워 실드의 특성상 좁은 곳에서는 사용하기 힘들 테니 단검 같은 것이 있어도 좋을 것이다.

'물론 그때는 엠페러한테 줄 무언가를 또 찾아야겠지만……'

그렇게 생각하며 금빛 엄니를 허리춤에 꽂고 몽키즈 핸드와 워커, 마지막으로 지하악왕의 가죽 로브를 두르니… 온몸이 시커먼 것이 어둠의 자식이라는 단어를 떠올리게 했지만, 나로서는 꽤 마음에 드는 모습이었다.

외형이야 어쨌든 간에 이제야 정말 게임을 하는 느낌이랄까. 여행을 다니는 모험자 같은 모습이 된 것이 꽤나 만족스러웠다.

그동안 수련복이나 다름없는 가벼운 옷차림으로 다녔으니 이런 허술한 복장도 큰 차이로 느껴진 것이다.

'흐음, 로브란 거 의외로 편하군.'

답답해 보이는 외견과 달리 적당히 통풍도 잘되고 가죽으로 만들었음에도 전혀 무게가 느껴지지 않는 감각에 감탄하며 몸을 돌리던 나는, 문득 몸이 가벼워졌음을 느꼈다.

"응? 아! 악어가죽 워커의 효과로군."

새로운 장비를 몇 개나 걸치고도 어쩐지 평소보다 더 가벼워진 느낌에 이상함을 느끼던 내가 찾아낸 것은 바로 악어가죽 워커의 효과였다.

아직 성내에 있었으니 이동 속도나 움직임에 보정을 받은 것은 아니지만, 악어가죽 워커에 붙은 민첩성 옵션이 몸에 적용되며 몸놀림이 빨라진 것이었다.

"호오, 아이템 옵션이라는 게 이렇게 즉각 체감되는 것이었구나."

나는 이 신기한 현상에 투박한 워커를 보며 입술을 말아 올렸다가 오랜만에 스테이터스 창을 불러냈다. 민첩 상승 100이 스테이터스 창에는 어떻게 적용되고 있는지 궁금했기 때문이다.

"으응? 이게 뭐야?"

〔캐릭터 : No. 0 (넘버 제로)〕
직업 : 백수(百手)
Lv : 100
HP 45,200/45,200
MP 15,100/15,100
SP 100/100

기본
근력 273 체력 342 민첩 280 (+100)
지능 143 지혜 150

특수
근성 200 직감 20 행운 3

남은 보너스 스텟 : 1,000

이게 다 무엇이란 말인가.

뜬금없이 늘어난 레벨은 무엇이고, 스텟은 무엇이며, 무엇보다…….

"뭐야 저 직업은? 내 직업이 백수라고?!"

〔백수(百手)〕

두 손을 가지고 백 가지의 일을 동시에 할 수 있는, 다재다능한 재능의 소유자 백수. 그의 손으로 다루지 못하는 무기가 없고, 익히지 못하는 기술이 없음이니… 어느 것에 치우침이 없고, 어느 것 하나 부족함이 없으며, 세상 만물의 균형을 이룬다. 동시에 백 가지 지혜와 백 가지의 힘을 다루는 천고의 재능 앞에 세상은 무릎 꿇으리라.

직업명 옆에 쓰인 한자며 쓸데없이 거창한 직업 설명을 보자면 100개의 손이라는 의미이긴 하지만 아무리 그래도 백수라니… 마음에 걸리는 바가 많았다.

'그래, 레벨이야… 인벤토리에 금모원왕과 지하악왕의 아이템들이 들어와 있는 것을 생각하면 납득할 수 있어… 하지만 직업은…….'

리버스 라이프에서의 직업은 레벨 10부터 얻게 되는 것으로,

직업 없이도 레벨업은 할 수 있지만 50레벨을 기준으로 기하급수적 상승하는 필요 경험치는 사실상 50레벨 이후의 레벨업을 막고 있었다.

또한 10레벨을 기점으로 초보자 혜택이 끝나는데다 직업을 갖지 않으면 레벨업 시 스텟이나 스킬에 불이익이 발생하기 때문에 직업 선택은 모두 10레벨에서 이루어졌다.

이러한 직업 선택은 앞으로의 게임 플레이에 지대한 영향을 끼치는 가장 중요한 결정이기 때문에 리버스 라이프에서는 직업 선택 과정에서 전직 수행 퀘스트를 통해 충분한 경험을 쌓고 신중한 결정을 내리게 하는 방식을 택하고 있었다.

그런데 나는······.

'뭐야? 난 아직 직업 선택 같은 거 해본 적 없다고! 게다가 백수라니! 그런 거 들어본 적도 없어!'

나름 액션을 담당한 개발자답게 각 직업들의 다양한 액션을 연출하는 과정에서 특성이나 종류, 심지어 여러 히든 클래스까지도 알고 있는 나였다.

하지만 그런 나로서도 단 한 번도 들어보지 못한 것이 바로 백수라는 직업이었다. 도대체가 무슨 과정을 통해 이런 직업을 갖게 된 것인지 짐작조차 할 수 없었다.

"그, 그러고 보니… 재능! 재능은 어떻게 됐지?!"

리버스 라이프에서는 직업을 얻기 위해 그에 어울리는 재능을 가지고 있어야만 했다.

경우에 따라 재능과 관련 없는 직업을 갖는 경우도 있기는 하지만, 그럴 경우 전직이 선택되었을 때 그에 어울리는 재능이 추가되어 유저의 성장을 돕도록 하고 있었다.

그리고 나의 전직 전 재능은 '노력가'. 스킬과 스텟의 상승 속도를 올려주는 재능으로, 어떠한 직업과도 관계가 없는 재능이었다.

"재능 목록!"

버그가 아닐까 싶은 상황에 허겁지겁 보유 재능 목록을 불러낸 나는 또다시 난생처음 보는 이름 앞에 절망할 수밖에 없었다.

〔재능 1 ― 노력가〕

노력을 뛰어넘는 재능은 없다. 이 세상의 특별한 사람은 모두 노력했고, 지금도 하고 있다.

특별해지고 싶다면 노력하라!

〔스킬 숙련 속도 7% 증가〕
〔스텟 상승 속도 13% 증가〕

〔재능 2 — 잡학다식〕

인생을 사는 데는 하나에 정통하기보단 여러 가지를 많이 아는 게 중요하다. 잡학에도 길이 있나니⋯⋯.

〔공통 스킬 생성 확률 증가〕
〔공통 스킬 습득 속도 증가〕
〔공통 스킬의 숙련 속도 50% 증가〕
〔공통 스킬의 효과 500% 증가〕
〔특수 스텟의 상승 속도 100% 증가〕

"⋯⋯."

효과만 보자면 그야말로 압도적이라고 할 만큼 엄청난 수치를 보여주는 재능이었다.

이 게임 속 어떤 재능이 스킬 숙련도를 50% 증가시키고, 스킬의 위력을 500% 증가시키며, 스텟 상승을 두 배나 빠르게 만들어준단 말인가.

물론…….

'공통 스킬 제한만 아니었다면 말이지……!'

두 번째로 생성된 재능임에도 불구하고 저런 무지막지한 상승률을 가진 재능은 분명 유니크급, 혹은 그 이상의 정말 특별한 재능임에 틀림없었다.

하지만 문제는 그 효과가 모두 주류에서 벗어나 있다는 데에 있었다.

리버스 라이프의 강력한 스킬 대부분은 각각의 직업에 귀속되어 있다.

예를 들어 칼을 휘둘러 얻게 되는 소드 마스터리는 공통의 스킬이지만, 그 스킬의 최상위에 있는 고급 검술은 기사와 전사 전용의 스킬이었고, 그 고급 검술을 통해 펼쳐 내는 특수한 기술 역시 모두 그에 귀속되는 스킬들이었다.

이는 당연히 칼을 쓰는 직업들 외에 활이며 창 따위에도 통용되는 것이었고, 마법의 경우 조금 특이하게 모든 마법이 마나만 있으면 사용할 수 있는 공용 스킬이지만, 정작 그 마법의 효과를 강화시키고 마법에 필요한 막대한 양의 마나를 극단적으로 줄여주는 보조 스킬들이 몽땅 마법사 전용 스킬이었다.

심지어 이런 전투 기술 외에도 가장 대표적인 공통 스킬인 장비 제작이나 수리, 요리와 같은 생활 스킬조차도 상위의 기술이나 레시피는 직업 전용의 것으로 지정되어 있기에 공통 스킬에 해당하는 것은 전부 기초적인 것들에 불과했다.

즉, 이 게임에서 공통 스킬이란 것은 알맹이가 빠진, 빈 껍데기와도 같은 것들이란 의미였다.

그리고 그런 스킬의 위력을 다섯 배로 올려준다고 해봤자…….

'결국 껍데기는 껍데기라는 것이지…….'

이 재능을 보고 나니 어쩐지 백수라는 직업명이 이해가 갔다.

100개의 손으로 100가지의 일을 할 줄 알지만 어느 것 하나 제대로 할 줄 아는 것이 없는… 그야말로 백수, 그 자체였다.

'하지만… 어째서!'

앞서 말했다시피 리버스 라이프의 직업이란 것은 게임 활동에 막대한 영향을 주는 만큼 직업 선택에 있어서 신중할 수 있도록 많은 퀘스트와 조언이 동반된다.

하지만 나는 그런 과정은 모두 건너뛰고 뜬금없이 직업과 재능이 생겨난 상황이었으니, 억울할 수밖에 없었다.

'정식 직업명에 재능까지 생겨났으니… 버그는 아니란 건데… 그렇다면 내가 모르는 히든 클래스라는 건가?'

내심 버그라고 믿고 싶었지만, 이 게임에 대해 초보자가 알아야 할 내용은 전혀 몰라도 그보다 심층적인 시스템에 관해서는 주위들은 바가 많은 나이기에 지금의 상황이 버그는 아니라는 것을 잘 알고 있었다.

그리고 이것이 정말 버그가 아니라 실제 히든 클래스의 한 종류라면… 그것은 더욱 절망스러운 사실이었다.

'게임 내 특별한 전투 능력이 있는 히든 클래스들은 대부분 내 손을 거쳤으니 내가 모르는 직업군은 비전투 계열이거나 특별한 기술이 없는 녀석들이란 건데…….'

힐끗―

〔재능 2 잡학다식〕

…중략…

〔공통 스킬 생성 확률 증가〕
〔공통 스킬 습득 속도 증가〕
〔공통 스킬의 숙련 속도 50% 증가〕
〔공통 스킬의 효과 500% 증가〕
〔특수 스탯의 상승 속도 100% 증가〕

문득 재능의 설명을 보고 있자니 백수라는 히든 클래스를 내가 모를 법도 하겠다는 생각이 들었다.

'공통 스킬의 위력을 올려주는 게 직업 특성이니… 특별한 기술이 있을 리가 없지!'

물론 이 '잡학다식'의 효과가 단순히 나쁘다는 것만은 아니었다. 첫 번째로 생성된 재능을 우습게 능가하는 괴랄한 상승 수치는 아무리 기본 스킬들이라도 충분히 고급 스킬에 비견될 만한 위력을 가지게 해줄 터였다.

하지만 그래서는…….

'멋이 없잖아!'

스킬의 모션을 직접 만들어온 나는 누구보다 잘 알고 있었다. 뒷줄에 자리한 고급 스킬들이 얼마나 화려하고 강력한지. 그리고 공용 기본 스킬이 얼마나 초라한지.

…누구보다 잘 알고 있었다.

물론 나는 스킬에 대해 그 이펙트보다는 효율을 최고로 따지는 부류이긴 하지만, 아무리 그래도 스킬 모션을 제작할 때 아무 고민 없이 2분 만에 한 동작씩 찍어낸 스킬들과 며칠을 고심하여 만들어낸 스킬에는 차이가 있을 수밖에 없었다.

게다가 제작 과정에서 최대한 현실성을 살리고자 화려함과 실제 효율, 두 가지를 모두 잡는 방향으로 스킬들을 기획했으니, 사실 그 효율성도 절대 뒤지지 않았다.

"어휴, 내 팔자야."

내가 하려는 게 그렇지 뭐.

별다른 목적도 없이 하던 게임에 흥미가 생기려는 찰나에 얻게 된 직업과 스킬이 고작 이런 것들이라니… 끓어오르던 게임에 대한 욕구가 단숨에 잠재워진 느낌이었다.

'그렇게 멋진 싸움을 해보고 싶었는데 말이지……'

문득 처참히 패배하고 사라진 엘리멘탈 파이브가 떠올랐다.

비록 비참하게 지긴 했지만 각자의 개성과 냉철한 판단으로 강적과 맞서 싸우던 그들은 충분히 존중 받을 정도의 실력자들이었다.

물론 그런 그들을 단숨에 박살 낸 순백의 기사 쪽은 더 대단했지만, 세상은 상대적 약자의 편이 아니던가. 그래선지 엘리멘탈 파이브 쪽에 조금 더 동정심이 갔다.

'생각해 보니 더 대단하네… 순백의 기사.'

상대적으로 약하긴 했지만, 각각 특별한 기술을 가지고 있던 엘리멘탈 파이브들 역시 짐작컨대 100레벨은 넘었을 터. 그렇다는 것은 그들 역시 각자 하나씩은 피니시 무브를 가지고 있었다는 얘기일 터. 그런데 그런 비장의 수단을 꺼내 보이기도

전에 단숨에 죽여 버렸다는 것은 그 능력도 능력이거니와, 심리
전에 있어서도 굉장한 고수라는 의미였다.

'나도 그런 피니시 무브라도 있다면⋯⋯.'

그렇다면 이 답이 없어 보이는 게임 라이프에도 어느 정도 희
망이 있지는 않을까?

"응? 피니시 무브?"

문득 떠올린 피니시 무브라는 단어와 함께 나의 레벨이 떠올
랐다.

피니시 무브는 100레벨에 한 번 습득할 기회가 생기며, 직접
지정하여 만들어내거나, 혹은 그간의 게임 플레이를 바탕으로
리버스 라이프의 시스템이 강력한 스킬의 조합을 정해주는 경
우가 있었다.

그리고 나는⋯⋯.

'명백히 후자겠지.'

사실 나뿐만이 아니라 유저들이라면 대부분 후자를 선택할
것이다.

직접 스킬을 제작하는 방법은 분명 자유롭고 유저 본인이 생
각하는 콤보를 얼마든지 집어넣을 수 있긴 하지만, 그게 위력을
보장해 주지는 않았다.

그에 반해 게임 시스템이 지정해 주는 피니시 무브는 캐릭터

의 육성 과정을 분석해 주로 사용한 스킬과 시너지가 높은 스킬을 조합하여 가장 강력한 형태로 결정해 주도록 되어 있었다.

내가 봤던 순백의 기사의 피니시 무브 역시도 그렇게 탄생한 스킬일 터. 동작을 떠올려 보면 아마 이동 속도를 올려주는 스킬과 차지, 그리고 무기를 랜스 형태로 변형시키는 스킬 등이 조합된 형태였을 것이다.

'물론 나야 내가 직접 만들 수 있다면 좋겠지만…….'

사실 내 입장에선 피니시 무브 정도는 내가 직접 만들어도 좋았다.

만들기까지 고생이야 할 테지만, 나의 경험을 토대로 한다면 게임 시스템이 지정해 주는 것에 뒤지지 않을 만큼 좋은 스킬을 만들어낼 자신이 있었다.

하지만… 이번엔 그렇게 쉽게 생각할 수가 없었다.

'애당초 피니시 무브는 캐릭터가 가진 스킬을 조합해 만드는 것이니까… 스킬을 개발할 때처럼 여러 가지 스킬들을 놓고 실험할 수 있는 조건이 아니니 그냥 시스템에 맡기는 수밖에…….'

애당초 내가 가진 스킬들부터가 공격력과는 거리가 먼데다 가지고 있는 스킬 개수도 극단적일 만큼 한정적이었다.

그런 상태로 아무리 스킬을 조합한다고 해봤자 컴퓨터의 계산을 뛰어넘을 수는 없을 터. 속 시원히 포기하는 게 좋았다.

그리고…….

'좋은 스킬일 거라는 기대도 버리는 게 좋겠지……'

아직 피니시 무브를 확인하지도 않았건만 기대감은 벌써 멀리 내다 던진 지 오래였다.

참혹하기 짝이 없는 내 스킬 목록에 대해 이미 알고 있으니, 사실 기대하는 게 무리이기도 했다.

'심지어 나는 엠페러를 만난 이후로 펭귄 소드밖에 사용하질 않아서 소드 마스터리조차 초급 수준이니까……'

그나마 예전에 쓰던 훈련용 단검을 사용한 전적이 있어서 초급이나마 소드 마스터리가 있는 게 다행일 지경이었다.

그 외에 스킬을 꼽으라면… 가장 숙련도가 높은 건 생존 본능, 벽 타기와 도주 관련 스킬이고… 공격 스킬 중에는 펭귄 댄싱 정도.

하지만 펭귄 댄싱은 내 스킬 창에 등록되어 있기는 하나 엄밀히 말하면 엠페러의 스킬이나 마찬가지였으니 피니시 무브에 적용되기는 힘들어 보였다.

'그 외에 있는 거라면… 초급 소드 마스터리를 얻었을 때 자

동 습득한 종 베기, 횡 베기, 찌르기 정도려나……?'

초급 소드 마스터리에 귀속된 스킬답게 이름도 심플했다.

만약 이 게임이 무협 게임이었다면 횡소천군이니 태산압정이니 봉황전시니… 멋들어진 이름이 붙었겠지만, 사실 그래봐야 본질은 종횡 베기, 찌르기에 지나지 않았다.

대체 나한테 무슨 스킬이 있어서 피니시 무브가 생긴 걸까?

차분히 생각을 하다 보니 어느새 내가 가진 스킬들로 피니시 무브를 만들어야 했을 컴퓨터가 불쌍하게 느껴질 지경이었다.

"후우… 그럼… 본다!"

과정이야 어쨌든 결국 마음을 다잡은 나는 나에게 생겨난 피니시 무브를 확인하기 위해 스킬 목록의 피니시 무브 창을 확대시켰다.

파앗—

"이, 이건?"

〔피니시 무브 — 천지개벽〕

지배 영역 내의 지형지물을 이용하여 하늘로 솟구쳐 오른 뒤, 유성낙하의 수법으로 강력한 일격을 가한다.

엄청난 가속도가 더해진 강력한 공격이 지면에 닿는 순간, 천지에 벼락이 치는 듯한 굉음이 울려 퍼진다고 한다.

　사용 조건 — 공중으로 뛰어오르기에 적합한 지형지물이 있는 곳.
　실패 조건 — 없음

　생각보다 멋진 이름에, 심플한 사용 방법이었다.
　스킬에 특별히 수치 같은 게 적혀 있지 않은 것을 보면 아마도 스킬의 성능은 상황에 따라 다른 듯싶고, 까다로운 사용 조건 탓인지 실패시의 페널티도 존재하지 않았다.
　'이 정도라면······.'
　사용이 제한적이지만 가진 거라곤 쥐뿔도 없는 내 스킬로 이만한 결과물이 나온 것은 굉장히 준수한 셈이었다.
　그럼에도 의문이 드는 것은… 이 스킬이 어디서 유래를 했느냐 하는 것이다.
　자동으로 만들어지는 피니시 무브는 게임 플레이를 기반으로 자주 사용된 스킬을 조합하여 만들어지는 것이 정석. 애당초 어딜 뛰어오르거나 공중에서부터 내려찍는 방식의 플레이는 해본 바가 없었다.

"…혹시 그때인가?"

그런 적이 없다고 생각하긴 했지만, 곰곰이 생각해 보니 숲을 벗어나기 전 마지막 싸움에서 금모원왕과 지하악왕의 머리를 동시에 관통하던 플레이가 딱 한 번 있긴 했다.

당시에는 정신이 없어 자신이 뭘 하고 있는지도 제대로 깨닫지 못했지만, 지금 와서 생각해 보니 그 정도 되는 움직임과 보스를 단숨에 죽인 공격력이라면 슈퍼 플레이라고 하기에 부족함이 없었다.

게다가 그 일을 통해 100레벨과 지정된 레벨을 한참이나 벗어나 버린 유저를 위한 히든 클래스까지 생겼으니, 어찌 보면 답이 없는 기존 스킬들을 무시하고 이런 피니시 무브가 생긴 것이 당연한지도 몰랐다.

'피니시 무브는 상당히 괜찮은 것 같네…….'

다행히 걱정했던 것에 비해 굉장히 쓸 만한 스킬이 생긴 것에 대해 안도의 한숨을 내쉰 나는 문득 금모원왕과 지하악왕이 고마워졌다.

비록 백수라는 직업이긴 해도 초보자였던 나에게 직업을 만들어주었고, 덕분이라고 하긴 좀 그래도 숲도 무사히 빠져나올 수 있었으며, 지금 몸에 걸친 것들도 몽땅 녀석들의 가죽 따위로 만들어진 것들이니… 경험치며 아이템이며 알뜰살뜰 많은 도움이 되어준 녀석들이었다.

'그야말로 아낌없이 주는 나무군.'

열매로부터 나무 밑둥까지 써먹었다고나 할까.

어이없게도 레벨 1짜리 초보자에게 그 모든 것을 헌납하고 사라진 녀석들은 억울할지 모르지만, 받은 입장에서는 좋았다.

'직업만 빼고 밀이지.'

이래저래 얻은 게 많기는 하지만, 여전히 직업 하나만은 불만이었다.

"어쩐지… 오늘은 피곤하네……."

게임 속에서 한 것이라곤 싸움 구경과 밤새 아이템 분류, 내 정보 확인뿐이지만, 어째선지 엄청나게 피곤했다.

'그럼… 계획보다는 조금 이르지만…….'

나는 주변을 둘러보며 하루저녁이 지났음에도 여전히 한자리에서 꿈쩍도 않는 엠페러와 로브의 보드라운 안감으로 방패를 꼼꼼히 손질하고 있는 벨라를 보며 말했다.

"나 잔다. 깨우지 마."

"잘 자라, 주인."

"잘 자."

〔게임을 종료합니다.〕

낭랑한 두 일행의 인사를 끝으로 나는 깊은 잠에 빠져들었다.

Chapter 3

나여주

짹짹—

"낄낄! 그러니까 말이야……."

"푸하하핫!"

와자지껄.

평범한 아침, 평범한 학생들, 그리고 평범한 등굣길.

사립 명문 동해 고등학교의 아침 풍경이었다.

주변 사람 누구에게 물어봐도 명문이라 인정받는 귀족 학교
인 동해고지만, 동해고 스스로는 학생들의 평범함을 강조하고
평등함을 내세우고 있었다. 특히나 귀족 고등학교라는, 결코 좋

은 뜻만은 아닌 별명의 인식에서 벗어나고자 학교 측에선 꾸준히 교칙을 개선해 나가고 있는데, 그중 가장 먼저 시행된 것이 바로 자동차 등교 금지였다.

물론 학부모들로부터 그에 대한 반발이 있기는 했지만, 여러 가지 근거를 들어 간신히 승낙을 받아냈고, 이제 자동차 등교 금지는 이 학교의 오래된 규칙 중 하나였다.

하지만 그런 상황에서도 꼼수를 쓰는 인물은 있었으니…….

"자! 빨리! 오늘은 빨리 들어가서 따뜻한 차를 마시고 싶어!"

그것은 반짝반짝, 화려하게 치장된 인력거에서 흘러나온 말이었다.

"옙! 아가씨!"

두두두두!

그 말과 함께 굵직한 대답 소리가 다시 한 번 울려 퍼졌고, 느긋하게 달려 나가던 인력거는 양복 넥타이를 풀어 젖힌 한 남자의 힘찬 기합 소리와 함께 속도를 내기 시작했다.

그리고 이 모습은 '자동차를 통한 등교'가 금지된 학교에서의 일상적인 아침 풍경이었다.

그렇다고 평범한 것은 아니었지만…….

"하압!"

'예선아! 지희야! 아빠 오늘도 힘낼게!'

한 집안의 가장이 온 힘을 다해 돈을 버는 모습에 동정의 시선이 있을 법도 하건만, 이미 이런 모습이 너무도 익숙해진 학생들은 아무도 그에 신경 쓰지 않았다.

오직 그의 처지에 공감할 수 있는 선생님 몇 분만이 작게 눈물을 훔칠 뿐…….

어쨌거나 평소보다 빠른 속도로 달려 나가는 인력거는 매일같이 달리던 루트를 따라 바퀴를 굴리기 시작했고, 최종 목적지인 교사에 닿기 전 마지막 커브 길을 돌고 있었다.

그러던 그때.

"오호호~ 오늘도 내가 일등…….."

터억— 부웅!

"으응?"

하늘을 향해 양팔을 높게 치켜들며 인력거에서 일어선, 낭창한 목소리의 주인공이 웃어 보임과 동시에 인력거의 바퀴 한쪽이 하늘 높이 떠올랐다.

"어, 어어?"

이 학교에 인력거가 도입된 이래 단 한 번도 볼 수 없던 모난 돌 하나가 하필 최대로 속력을 낸 오늘, 정확히 바퀴가 지나가는 지점에 떨어져 있던 것이다.

부우우웅—

"끼야아아악!"

그 결과, 한껏 기분 좋은 웃음을 뽐내던 이는 자신이 일어서 던 반동과 함께 허공으로 튕겨져 나갔고, 그녀가 떨어지는 지점 에는 때마침 학생 하나가 걸어가고 있었다.

그리고 인력거와 함께 모로 쓰러져 가던 남성은 그걸 보며 큰 소리로 외쳤다.

"안 돼애애애애애!!"

자신의 실책으로 모시는 아가씨가 공중제비를 돌고 있다는 것도 큰 문제지만, 이런 귀족 학교의 학생이 사고의 여파로 다 치기라도 한다면 정말이지 난리가 나는 것이었다.

'안 돼… 우리 딸 학자금도 남았고… 집 대출금도 있고… 셋 째… 셋째는 어떡하지?'

그의 머릿속에 순식간에 온갖 현실적 문제들이 들이닥쳤고, 넘어지는 와중에도 애처롭게 뻗은 팔이 허공을 움켜쥐려는 찰 나, 기적 같은 일이 벌어졌다.

"뭐야, 이건?"

스윽─

날아들던 아가씨를 발견한 학생이 마치 기다렸다는 듯 자리 를 옆으로 비켜섰고, 완벽하게 그녀가 떨어지는 자리에서 벗어 났다.

'아아… 한 가지 걱정은 덜었구나…….'

콧대 높고 귀하게만 자란 그녀가 바닥을 구르게 된 이상 그 자신의 해고는 확실시된 것이나 다름없었다.

그럼에도 그가 작게나마 안도할 수 있던 것은 다른 학생이 다치지 않았다는 것, 그 이유에서였다.

'결국 이렇게 되나…….'

대단한 기술 같은 것도 없이 운 좋게 잘나가는 집안 영애의 보디가드로 뽑혀 일을 한 지 5년. 아가씨의 철없는 행동을 보면서 가끔 자신의 직업에 대해 회의감을 가질 때도 있었지만, 고수익, 정년 보장, 훌륭한 사원 복지라는 삼위일체의 막강한 힘에 영애의 곁에서 뼈를 묻으리라 결심한 그였다.

그리고 그런 그에게 이렇게 어처구니없이 마지막이 찾아오게 될 것이라곤 꿈에도 생각지 못했기에… 그는 조용히 눈을 감았다.

잠시 뒤…….

"케헥!"

'떨어지신 건가?'

잔망스러운 기침 소리지만, 그게 자신이 모시던 아가씨의 목소리임을 깨닫는 데는 어려움이 없었다. 그런 후, 그는 기다렸다.

바닥을 구른 아가씨가 아파하는 신음 소리, 혹은 자신을 질책하는 소리를……

"…응?"

어째서일까? 이미 요란한 소리와 함께 넘어진 자신을 생각하면 이미 한참 전에 바닥에 떨어졌어야 할 그녀의 목소리도 전혀 들리지 않았다.

혹여나 떨어질 때 잘못되어 정말로 크게 다치기라도 한 것일까, 정신을 잃은 것은 아닐까, 불안한 마음에 질끈 눈을 감고 있던 그가 떨리는 마음으로 살포시 눈을 떴다.

왜 불안한 예감은 빗나가지를 않는 걸까.

오늘은 그 여자와 마주치지 않을 생각으로 일부러 조금 늦게 나와 다른 학생들 사이에 섞여 평범한 등굣길을 걷고 있었다.

그러던 와중 뒤편으로부터 들려온 목소리 하나가 나를 자극했다.

"자! 빨리! 오늘은 빨리 들어가서 따듯한 차를 마시고 싶어!"

목소리를 따라 고개를 돌려보니 반짝반짝, 별과 꽃으로 화려하게 치장된 인력거 한 대가 치렁치렁 달아놓은 장식들이 떨어질 만큼 무시무시한 속도로 달려오고 있는 것이 보였다.

'진짜 미친년이네, 저거.'

자동차 등하교를 막는 학교에서 인력거를 타고 등교하다니, 단순히 상식을 벗어난 수준이 아니었다.

'무시하자, 무시해.'

그간의 악연 때문에라도 그녀와 엮이는 일이 없기를 간절히 바라는 나였기에 저 여자가 인력거를 타고 학교에 오든 사두마차를 타고 오든 간에 신경 쓰지 않으려 했다.

하지만… 세상은 그렇게 호락호락하지 않았다.

"끼야아아아악!"

"뭐야, 이건?"

창대한 허공을 가르는 익룡의 울음소리에 고개를 돌리기까지 0.5초.

딱 내 눈높이에 맞춰 날아오는 여자를 피해 뒷걸음질 치기까지 또 0.5초.

그리고 마지막으로…….

'어떡하지? 일단 잡아줄까? 아, 귀찮은데… 그보다 이렇게 날아오는 녀석을 갑자기 잡으면 내가 다치는 거 아니야? 그래도 이 녀석 안 잡아주면 또 안 잡아줬다고 난리칠 거 같고… 그렇다고 잡아주자니 그건 또 찜찜한데… 아니, 혹시 다치면 오늘은 이대로 집에 가지 않을까? 그럴까? 그럼 그냥 둘까?'

덥석―!

…라는 생각과 함께 본능적으로 날아가던 여자를 잡아채기까지 다시 1초가량이 걸렸다.

"케헥!"

버둥버둥—.

일단 본능이 이끄는 대로 잡긴 했는데, 그 이후의 일에 대해 생각해 본 바가 없던 나는 날아오는 반동을 그대로 받아낸 팔이 고통을 호소하는 것에 슬쩍 인상을 찌푸리며 중얼거렸다.

"…무겁군."

사실 손에 들려 있는 무게만을 생각하자면 여자라고 해도 굉장히 가벼운 축에 속하는 녀석이지만, 그보다는 손에 잡히던 순간의 감각이 워낙 뚜렷한 탓에 반사적으로 평가를 내뱉었다.

"케헥?! 케게엑!!"

그러자 이런 나의 평가를 들은 것인지, 내 손에 교복 목덜미가 잡혀 허공에 대롱대롱 매달리게 된 녀석이 불만이라는 듯 팔다리를 버둥거리며 악을 쓰기 시작했다.

"뭐야, 무겁다고 한 게 불만이면 살을 빼든가."

직접 들어본 감상평으로는 딱히 더 이상 뺄 만한 살도 없을 것 같긴 하지만, 말 한마디에 구해준 은혜도 모르고 악을 쓰는 모습을 보고 있자니 배알이 뒤틀려 절로 시비조의 말투가 되어 버렸다.

툭!

털썩!

"켁켁! 너, 너어……!"

씨익! 씨익!

치켜뜬 눈으로 노려보는 녀석을 보며 인상을 찌푸린 나는 다시 한 번 입을 열었다.

"뭐야, 너희 집에서는 생명의 은인한테 그런 식으로 하라고 가르치나 보지?"

"……."

내 말 한마디에 치켜뜬 눈가가 파르르 떨리며 얌전해지는 모습을 보며 나는 속으로 씨익 웃어 보였다.

'역시, 이런 녀석들한테는 집안 이야기가 잘 먹히는군.'

누구보다 집안의 도움을 많이 받고, 집안을 위해 살아가도록 배우고, 집안을 위해 일하는 법을 익히는 이들에게 있어서 그들이 속한 '가문'이라는 것은 절대적인 존재였다.

그것은 그들이 살아가는 이유이자, 살아 있게 하는 원동력인지라 자신이 가문에 누를 끼치는 것을 최악이라 생각하고, 가문의 이름을 드높이는 것을 최고라 평가하는 이들. 그런 이들을 조종하는 데 있어서 가문을 들먹이는 것만큼 좋은 방법은 없었다.

"뭐, 나도 너랑은 별로 엮이고 싶지 않으니까 오늘은 이만하자고. 아니, 앞으로도 되도록 엮이지 말자. 알겠지? 그럼 먼저 간다."

하지만 나로선 굳이 이 여자를 그 이상 자극해서 좋을 것도 없고, 집안 이야기에 굳어버리는 얼굴을 본 것으로도 충분히 기분이 풀렸기에 그 말을 끝으로 쿨하게 학교로 들어가 버렸다.

"괘, 괜찮으신가요?"

"우우우… 저게……."

여전히 자리에 주저앉아 말없이 노려보고 있는 한 사람을 뒤로하고 말이다.

시선이 뜨겁다.

오늘 하루 종일 느끼고 있는 이 시선의 정체에 대해 나는 여러 가지 매우 많은 것을 알고 있지만, 의식적으로 나를 바라보는 방향을 피해 고개를 돌리고 있었다.

'저건 대체 왜 또 저러는 거야!'

아까 집안을 들먹이며 놀린 게 그렇게나 뼈에 사무칠 만큼 원한이 깊었던 것일까?

하지만 그렇다고 하기엔 그녀의 반응은 지극히 소극적이었다.

비록 옛날 일이긴 하지만, 잘난 집 녀석들은 모욕을 당했다

싫으면 주변에 상관없이 품에서 총부터 빼 드는 놈들이었다. 그러나 아무리 기다려도 나에게 총이 겨눠지지는 않았다. 그저 노려보기만 할 뿐.

‘물론 총알을 기대하는 것은 아니지만…….’

그래도 상대가 학교에서 알아주는 또라이기도 하니 조심해서 나쁠 건 없었다. 게다가 나는 다른 녀석들과 달리 이렇다 할 빽도 없지 않던가. 내 목숨은 내가 챙겨야만 했다.

‘그렇게 놓고 보면 그냥 노려보고만 있는 게 다행일지도…….’

물론 아직 어떻게 될지는 모르는 일이니 한순간도 방심해서는 안 된다는 생각이지만… 긍정적으로 생각하자면 여태 깽판치지 않고 있는 것이 다행일지도 몰랐다.

‘아오, 진짜. 어쩌자고 그런 짓을 했지?’

벅벅!

언제나 가늘고 길게 사는 것이 일생의 목표였는데, 이 학교에 와서 저 여자와 마주칠 때마다 어째선지 그게 안 됐다.

굳이 그래야겠다 의도한 것도 아닌데 자꾸만 입이 움직이고야 말았다.

스윽…….

빼아안히.

'크흑, 괜히 봤다!'

혹시나 하는 마음에 슬그머니 시선의 방향으로 눈을 돌린 나는 단 0.1초 만에 후회할 수밖에 없었다.

'오늘 무사히 지나갈 수 있을까?'

나의 고민이 깊어가는 가운데 시간은 무심하게 흘러, 마침내 수업이 끝나는 종이 울렸다.

땡동땡동~

"자, 오늘도 수업 듣느라 수고들 했습니다. 내일 봅시다!"

'우리 담임, 너무 대충이잖아!'

후다다닥!

때마침 마지막 수업이 담임 선생님의 수업이었던 탓에 끝나기가 무섭게 학생들이 가방을 챙기는 것보다 빨리 종례를 마친 담임은 순식간에 교실을 나가 버렸다.

조금이라도 더 학교의 보호 아래에서 눈치를 살펴야 하는 내 입장에선 바람직하지 못한 상황이었다.

'생각해 보면 사전 시험 때도 그랬지······.'

이제 와 하는 말이지만, 내가 배정 받은 반의 담임 선생님은 사전 시험을 치를 때 시험 감독을 하던 여선생으로, 이름은 장조연. 내가 아는 한 이 학교에서 가장 처세에 능한 인물이었다.

시험 날 내가 시비에 휘말렸을 때 멀찍이서 구경하다가 일이 끝나고야 천천히 나타난 것과 오늘 수업 시간 내내 불편한 기색을 비치는 한 사람 덕분에 이상한 분위기가 흐르는 것을 눈치채곤 재빨리 내뺀 것을 보면 알 수 있었다.

나랑 관련 없는 일에 한해서 눈치 빠른 행동을 보인다면 '저 사람 참 사회생활 잘하는구나' 싶었겠지만, 이런 상황에서 눈감고 도망치는 것을 보아하니 열불이 났다.

'아니지. 그렇다면 내가 이러고 있을 시간이 없지. 나도 최대한 빨리 여길 떠야겠어.'

빛살과도 같은 종례 덕분인지 여전히 반이 혼란스런 이때, 나는 탈출을 감행했다.

후다닥!

학교에 가장 마지막에 배정 받은 학생답게 번호도, 책상도 가장 뒤에 있는 것을 적극 활용한 전략이었다.

그런 내 뒤로 목소리 하나가 울려 퍼졌다.

"어… 자, 잠깐!"

'너 같음 서란다고 서겠냐?'

뒤에서 장구를 치든 굿을 벌이든 돌아볼 생각이 전혀 없는 나로선 부질없는 외침에 코웃음을 치며 빠르게 달려 나갔고, 이내… 잡히고야 말았다.

"우라얍!"

덥석!

"으갸걀!"

설마하니 하굣길에 사람을 매복시켜 놨을 줄이야… 보안 등 여러 이유 때문에 학교를 나가는 문이 정문 하나밖에 없다는 점을 이용한, 완벽한 함정이었다.

'제길, 이렇게 쉽게……'

"놔, 놔줘!"

나는 내 허리와 양팔을 동시에 감싸고 있는 단단한 팔을 풀어 보고자 격렬하게 발버둥을 쳤지만, 이내 나를 잡고 있는 보디가드의 절박한 한마디에 몸을 멈출 수밖에 없었다.

"자, 잠깐! 학생! 제발… 잠시만 우리 아가씨의 말을 들어주게……."

멈칫―!

그 말에서 느껴지는 절박함 때문이었을까, 아니면 내가 잡히기 무섭게 주변에서 우르르 쏟아져 나오는 검은 양복을 입은 다른 보디가드들 때문이었을까?

어느 쪽이 됐든 나는 이 자리를 피할 수 없음을 직감했다.

그렇게 내가 저항을 포기하고 건장한 남자의 품에 대롱대롱 매달려 있는 사이……

이 상황의 주도권을 지닌 주인공이 등장했다.

"학! 학! 뭐가 그렇게… 하악! 빨라……!"

급하게 달려왔는지, 한껏 상기된 얼굴로 숨을 몰아쉬는 그녀는 예의 우리 반의 마스코트이자 학교 최고의 유명 인사 공주님이었다.

하악하악, 숨을 몰아쉬는 모습이 평소의 여유롭고 도도한 모습과는 상반되는지라 그 가냘픈 미모와 합쳐져 동정심을 자극하지만, 그런 것에 신경 쓰기엔 내 마음이 너무나 불편하기 짝이 없었다.

'도대체 무슨 짓을 하려고 이렇게 사람들까지 써서 붙잡은 거야…….'

그나마 다행인 점은 내가 잡혀 있는 곳이 여전히 학교 부지 내라는 점과 조금 전 나를 잡고 만류하던 아저씨의 말이 의외로 그다지 적대적이지 않다는 점이었다.

"흐음, 흠흠……."

대롱대롱—

그렇게 헛기침을 하는 그녀와 남자에게 안겨 대롱대롱 매달려 있는 나 사이에 미묘한 긴장감이 감돌기 시작할 무렵, 공주님 곁에 선 보디가드가 살짝 그녀의 귀에 대고 무언가를 중얼거렸다.

속닥속닥.

"아! 진짜! 나도 알아! 금방 할 거니까… 조금만 기다려 봐!"

무슨 말을 한 것인지 보디가드의 말에 방방 뛰며 얼굴을 붉히는 그녀의 태도는 평소의 공주의 모습이었고, 이어진 말은… 더욱 충격적이었다.

"흠흠, 크흐음… 그러니까……."

나와 눈도 마주치지 않은 채 잔뜩 뜸을 들이던 그녀는 그 후로도 한참이나 헛기침을 하더니, 불쑥 말했다.

"미안! 그리고 고마웠다!"

"……?"

워낙에 뜬금없는 말을 들은 탓일까?

나로선 이해할 수 없는 맥락 없는 말에 고개를 갸웃거리려는 찰나, 의외로 나를 붙잡고 있던 보디가드 아저씨가 적극적으로 나섰다.

"아가씨, 그렇게 앞뒤 설명 없이 말하시면 어떡합니까!"

그런 보디가드의 행동에 내가 의외라는 듯 눈을 동그랗게 뜨자, 그런 나보다 더 의외라는 듯 다른 보디가드들의 동공이 확장되는 것이 눈에 들어왔다.

'으응… 그렇게 놀랄 일인가?'

하기야 그녀의 평소 성격을 보건대 누군가의 조언이나 잔소리를 듣고도 가만히 있을 타입이 아니었으니 꽤 의외라고 할 수 있었다.

다만, 그보다 의외인 것은 어쩐지 보디가드들의 눈치가 '저 아저씨, 마지막이라고 막 나가네' 라는 시선으로 내 뒤의 보디가드를 보고 있다는 것 정도였다.

사실 내가 독심술이 있는 것도 아니고, 정확한 사연이나 다른 보디가드들의 눈빛이 어떻다는 것을 확신할 수는 없지만, 저들의 놀란 눈을 보고 있자니 그냥 그런 기분이 들었다.

내가 그렇게 보디가드들을 관찰하는 사이, 공주 역시도 정말 의외의 소리를 들었다는 듯 놀란 눈으로 내 뒤의 보디가드를 올려다보다가 이내 고개를 돌려 나의 시선을 피하며 말했다.

"흐음, 흠흠… 그러니까… 으음… 오늘 아침에… 크흠!"

"아가씨! 대화를 하실 땐 눈을 보고!"

"아, 알고 있어!"

무언가 더듬더듬 말하는 공주와 당당히 잘못을 지적하는 보디가드의 모습에 다른 보디가드들의 입이 '오오~' 하는 소리 없는 아우성을 내뱉었지만, 소리가 없는 탓인지 공주도, 공주를 혼낸 보디가드도 눈치채지 못한 듯싶었다.

"그러니까… 내 말은……."

그사이, 보디가드의 지적을 전면 수용한 그녀는 나와 빤히 눈을 맞추고, 한껏 붉어진 얼굴로 따박따박 말을 이어 나갔다.

"오늘 아침에… 나를 도와줘서 고마웠고! 그리고… 실수로 폐를 끼쳐서… 미안했다고! 알겠어? 나 오늘 일 사과하고 인사도 한 거다?"

"어? 어어……."

꽤나 박력 있는 그녀의 말에 나도 모르게 고개를 끄덕인 내 모습을 보며 이내 용건이 끝났다는 듯 획 돌아서서는 보디가드들을 불러 모았다.

"자, 이제 가요."

"옛! 아가씨!"

척척척!

한 몸인 듯 같은 걸음, 같은 자세로 멀어져 가는 보디가드들의 모습이 점점 작아져 갈 때, 문득 나를 잡고 있던 보디가드가 여전히 자리에 있다는 것을 깨달았다.

그는 계속 잡혀 있던 나를 살짝 바닥에 내려놓으며 말했다.

"우리 여주 아가씨가 저래 봬도 속은 참 여리고 착한 분입니다. 앞으로도 같이 학교 생활 하면서 잘 부탁드립니다. 그리고… 오늘 아침의 일은 제 책임이 크니 혹시 그 이후 어디가 안 좋으시면 꼭 제게 연락을 주셨으면 합니다."

"아, 그… 저는 괜찮은데요."

그렇게 말하며 자신의 명함을 꺼내 주는 보디가드의 행동에 작게 사양한 나였지만, 그는 억지로 내 교복 주머니에 명함을 꽂아 넣고는 다시 한 번 말했다.

"그럼 앞으로도 여주 아가씨를 잘 부탁드리겠습니다."

"아, 예……."

나는 왜 저 여자를 나한테 잘 부탁하느냐고 묻고 싶었지만, 분위기상 차마 그럴 수가 없기에 조금은 떨떠름하게 고개를 끄덕였고, 보디가드는 그것만으로도 만족한다는 듯 싱긋 웃어 보였다.

그때, 꽤 멀리서부터 꽥꽥대는 목소리가 들려왔다.

"아저씨! 빨리 안 와요? 확 잘라 버린다? 이상한 소리 하지 말고 빨리 와!"

이상한 소리라면 이미 잔뜩 들은 후였지만, 그것을 알 리 없는 그녀는 방방 뛰며 마지막 남은 보디가드를 불렀고, 나는 어쩐지 누군가의 비극으로 끝날 거 같은 플래그를 경험한 듯 찜찜한 느낌에 점차 멀어져 가는 공주 무리를 보며 작게 중얼거렸다.

"여주라……."

공주를 처음 만나고서부터 몇 주 만에 그녀의 이름을 기억하게 된 날이었다.

Chapter 4

바이저스

파아앗!

"오오… 주인 왔나?"

"제로 왔네?"

환하게 빛나는 빛무리 속, 산산히 부서지는 빛의 파편과 함께 서서히 모습을 드러내는 나를 보며 엠페러와 벨라가 맞이했다.

나 역시 꼭 감고 있던 눈을 뜨며 눈앞에 나타난 풍경 속, 나를 반갑게 맞이하는 둘을 향해 인사했다.

"오, 그래. 잘 지키고 있었어?"

"음? 아, 잘 지키고 있었지."

"물론이지!"

그런 내 인사에 어째선지 잠시 고민하는 듯 부리를 쓰다듬던 엠페러는 이내 자신의 배 밑에 있는 진주를 슬쩍 내보이며 대답했고, 벨라는 고민 없이 자신이 선물 받은 로브 자락을 흔들어 보이며 자신 있게 말했다.

그런 후… 순간 정적이 흘렀다.

"……."

"……."

"……."

모두 각자의 대답이 무언가 이상함을 느꼈지만… 그런 어색함도 잠시, 각자의 대답이 무슨 의미를 지니고 있든 간에 별다른 문제가 없음을 파악한 내가 상황을 정리했다.

"그래, 잘 지키고 있었다니 다행이고… 그럼… 오늘은 무엇을 할까?"

"……."

"……."

또다시 정적이 흘렀다.

사실 분위기를 환기시킬 생각으로 한 질문치고는 내가 생각해도 참 이상한 질문이다 싶었다.

가디언인 벨라와 소환수인 엠페러는 당연히 주인인 내가 가는 길을 따라가는 것이고, 내가 하는 일을 돕기 마련인데, 내가 그들에게 무엇을 할지 묻고 있으니 그야말로 아이러니한 상황이라고밖엔 할 수 없었다.

하지만 이런 정적 속에서 의외로 질문에 대한 대답이 나왔다.

"여자들을 보러 가는 게 어떤가, 주인?"

"뭐얏!"

째릿!

날개를 번쩍 들어 올리며 의견을 제시하는 엠페러에게 도끼눈을 뜨고 쳐다보는 벨라지만, 엠페러는 굴하지 않겠다는 듯 당당히 자신의 의견을 피력했다.

"사실 주인도 숲을 나온 이후의 계획 같은 건 딱히 안 세워놓은 거 아닌가? 요 며칠 행동을 보건대, 그냥 여기저기 구경 다니고 산보를 하는 것뿐, 딱히 모험을 하거나 하는 것도 아니었으니… 차라리 그럴 거 같으면 나랑 같이 여자를 보러 다니는 게 맞다고 생각하네, 주인."

엠페러가 이렇게까지 차분하고 논리 정연하게 말한 적이 있던가?

여자를 보러 간다는 목적은 꽤나 불순하기 짝이 없지만, 내가 목적이 없으니 그런 거라도 하자는 타당한 주장에 나는 감히 반박할 수가 없었다.

"그, 그럼……."

"아냐! 차라리 시장을 가자!"

"시장은 저번에도 보지 않았던가?"

내가 엠페러의 박력에 밀려 저도 모르게 고개를 끄덕이려는 찰나, 상황을 지켜보던 벨라가 나를 제지하며 시장 구경을 제안했다.

하지만 곧장 이어진 엠페러의 말처럼 시장은 불과 며칠 전에도 구경을 했고, 이 게임을 하며 인상 깊던 장면 중 손에 꼽히는 싸움을 직접 볼 수도 있었다. 만약 그런 싸움이 오늘 또 있다면야 나로선 시장을 가는 게 환영이지만, 그런 싸움이 또 벌어질 가능성은 당연히 희박했다.

"아니, 오늘은 달라! 시장에 있는 용병 길드를 가는 거야!"

"용병 길드?"

내가 의미를 알 수 없다는 듯 반문하자 벨라는 허리에 손까지 얹어가며 자신만만하게 용병 길드에 대해 소개했다.

"흠흠, 용병 길드라 하면 마을 내의 각종 퀘스트들이 모이는 곳으로, 따로 용병 등록을 통해서 용병 전용의 퀘스트를 받을 수도 있고, 누구나 참여할 수 있는 공통 퀘스트를 받을 수 있는 여행자의 필수 코스야. 만약 여행 경비가 없거나 도저히 할 일이 생각나지 않는다면 용병 길드를 가라고 했거든. 거기에 용병

이 필요로 하는 대부분의 기능을 갖춘 편의 시설이라 어지간한 건 용병 길드에만 가도 거의 다 해결할 수 있다고 했어."

'칸이 가르쳐 준 건가?'

NPC이면서도 세상과 담쌓은 숲에 살고 있다는 이유로 세상일에 대해 일자무식이던 벨라는 어느새 자신의 지식으로 남을 가르치는 수준까지 와 있었다. 그리고 그런 정보는 벨라처럼 폐쇄적 생활을 한 것도 아니면서 그저 관심이 없다는 이유로 알아볼 생각조차 않는 나에게 있어서 꽤나 좋은 팁들이었다.

'꽤 일리 있는 말이네.'

내가 게임을 하는 목적은 사실상 단순한 시간 때우기 용이었다. 굳이 최근에 생겨난 목적을 덧붙이자면 얼마 전에 본 싸움 같은 것을 나도 해보고 싶다는 것 정도.

하지만 그것도 할 수 있으면 좋겠다는 정도의 심정이지, 반드시 해야겠다는 생각은 아니었다. 애당초 여가 보내기용으로 하던 게임이기에 관심도 적고, 목적의식도 흐릿하기만 했다.

그런데 게임 속 다양한 목표를 제공해 주는 곳이 있다니, 벨라의 의견은 꽤 괜찮은 의견이었다.

'아, 그리고 보니 남쪽 파라다이스에 가는 것도 있군.'

내가 숲에 갇혀 있을 적, 뉴스를 통해 접한 리버스 라이프의 파라다이스. 그 모습을 보고 얼마나 원통해했던가. 아마 내가 이 게임을 여태껏 하게 만든 원동력 중 첫손에 꼽히는 게 바로 그 파라다이스였을 것이다.

'하지만… 지금은 굳이 그러고 싶은 마음은 없는데…….'

간다면야 좋긴 하겠지만, 막상 숲을 나와보니 굳이 해변을 찾아가지 않아도 일전의 여전사와 같이 높은 방어력과 높은 노출력을 자랑하는 이들은 심심치 않게 보이는 편이었다.

굳이 미니를 찾아 해변까지 갈 필요도 없던 것이다.

'게임에 충실한, 고마운 분들이지.'

'장비니까 부끄럽지 않은걸' 이라는 이유로 그런 옷들을 당당히 입고 다니시는 분들은 게임 플레이에 있어 여러모로 참 고마운 분들이었다.

"흠, 그래. 그럼 오늘은 용병 길드에 가볼까?"

"좋아!"

시무룩.

내 말에 팔짝 뛰며 좋아하는 벨라의 뒤로 눈에 띄게 시무룩해진 엠페러의 모습을 의식적으로 피하던 나는, 문득 떠오른 생각에 물었다.

"그러고 보니… 너 그건 어떻게 할 거야?"

"……?"

엠페러는 자신의 배를 가리키는 주인의 손가락을 따라 천천히 시선을 옮기다가 그제야 생각났다는 듯 눈을 껌뻑였다.

그러고는…….

쩌어어억—!

덥석— 꿀꺽!

단숨에 입을 벌려 진주를 입에 넣어버렸다.

부울룩—

"읍! 읍읍읍, 읍읍읍읍!"

"…삼키든가, 뱉든가 하고 말해줄래?"

물론 삼키는 것은 무리일 것이라 생각하고 한 말이었다. 저 작은 머리통의 양 볼을 빵빵하게 만든 진주의 처리에 대해 다시 한 번 고민해 봐야 할 때라고 생각하며 고민에 잠기려는 찰나, 엠페러의 목울대가 꿀렁이기 시작했다.

꾸우울떠억!

"후, 우리 황제펭귄은 위장에 음식을 몇 달이나 보관할 수 있다고!"

뽈록— 처억!

그렇게 뽈록 튀어나온 배를 하고 폼 잡아봐야 아무 소용없다고 말해주고 싶었지만, 엠페러의 말대로라면 이는 꽤 편리한 능력이었다.

이동 시의 불편 때문에라도 엠페러에게서 잠시 진주를 뺏어야 하는 것 아닌가 생각하던 나로서는 굉장히 고무적인 일이기도 했다.

'뭐, 배를 보아하니 싸울 때는 뱉어야겠지만……'

남산처럼 부풀어 오른 배를 통통 튕기는 엠페러를 보며 작게 고개를 끄덕인 나는 이내 한층 귀여워진 녀석을 이끌고 길을 나섰다.

"가자, 용병 길드로!"

끼익—!

째릿!

오늘 참 시선을 많이 받는 날이군.

용병 길드에 들어서며 나는 그렇게 생각했다.

"주인! 여기 여자가 많다!"

"야, 조용히 좀 해! 부끄러워 죽겠네, 진짜!"

용병 길드 안, 여기저기 심심치 않게 보이는 여자 유저들의 모습에 신난 엠페러와 그런 엠페러를 제지시키는 벨라의 모습은 사실 꽤나 웃겼지만, 이를 바라보는 용병 길드의 사람들은 사뭇 다른 의미의 눈빛을 하고 있었다.

특히나 그 눈빛들은 성별에 따라 굉장한 차이를 보였는데, 우선 여성들의 경우……

"꺄아악~! 저거 뭐야앙! 너무 귀여워!"

"펭귄? 펭귄이야? 어떻게 이런 곳에 펭귄이 있지?"

"꺅꺅! 저 배 좀 봐!"

"부드럽겠지?! 만지면 부드럽겠지이이!"

엠페러에게 대부분 눈길을 주며, 진주를 삼킨 뒤로 한층 인형 같은 모습을 한 엠페러를 향해 꺅꺅대고 있고, 남성들의 경우 는……

"저거… 엘프지?"

"여잘까, 남잘까?"

"로브를 입어서 잘 모르겠어."

"근데 방패를 쓰네? 남자 아닐까?"

"야! 저 얼굴이 어떻게 남자야!"

"나… 난 어느 쪽도 상관없어!"

모두 벨라에게 눈길을 주며 짐승마냥 헉헉거리고 있었다.

아, 그리고 그런 외중에도 공통적인 의미를 담고 있는 시선들 이 나에게 쏟아졌는데……

'저건 뭐야?'

'저 새낀 뭔데 엘프를 끼고 다녀?'

'뭐야? NPC? 커스터마이징한 거야?'

…여러모로 불만과 악의가 가득 찬 시선들이 나에게 쏟아졌다.

'설마하니 용병 길드에 입장할 때 그런 조건이 있을 거라곤… 매번 이러면 곤란한데.'

사실 엠페러에 대한 시선은 굳이 여기서가 아니더라도 마을을 지나쳐 오며 꽤 많이 보아온 반응이지만, 문제는 벨라였다.

벨라 자신은 모르겠지만, 금모원왕의 가죽 로브를 완벽하게 뒤집어쓰고 있을 때는 엘프 특유의 차분한 분위기와 로브로부터 뿜어져 나오는 신비로운 기운이 은근한 거리감을 주며 사람들을 물리치는 효과를 가지고 있었다.

그렇기 때문에 이곳까지 오는 동안 별다른 문제가 없을 수 있었고, 나 역시도 별일 없이 용병 길드까지 온 것이었다.

하지만 용병 길드에선 달랐다.

용병 길드는 단순히 한 도시의 퀘스트 공유지라는 의미를 갖기도 하지만, 넓게는 도시를 대표하는 주요 지점 중 한곳이었다.

자연스레 돈과 물자, 정보와 사람이 대량으로 모이게 되는 용병 길드는 어찌 보면 도시의 최심처인 동시에 가장 강력한 힘을 지닌 곳으로, 그 보안 또한 꽤나 삼엄했다.

그렇기에 용병 길드에 들어오는 데는 반드시 신분을 확인하는 절차가 필요했고, 로브에 달린 후드와 같이 얼굴 전체를 가리는 장비는 착용할 수가 없었다.

물론 이런 용병 길드의 정책은 지점이나 도시마다 어느 정도 차이를 가지고 있다고는 하지만, 최소한 이곳 최전방 기지인 케이안 성의 용병 길드는 그런 부분에 있어 상당한 엄격함을 가지고 있었다.

그리하여 결국 벨라의 얼굴을 공개할 수밖에 없었고, 벨라의 미모에 홀린 용병들은 물론, 벨라와 엠페러가 뒤뚱뒤뚱 티격태격하는 모습이 기묘한 시너지를 일으켜 이곳에 있는 모든 사람들의 시선을 빼앗게 된 것이었다.

'그리고 그 사이에 끼어 있는 나는 덩달아 이상한 취급을 받고 있고 말이지……'

결국 당장에는 이 상황을 어찌할 방법이 없음을 깨달은 나는 최대한 빨리 볼일을 마치고 나갈 생각으로 접수처로 보이는 곳을 찾다가, 이내 빼곡하게 들어선 사람들을 보며 작게 한숨을 쉬었다.

'이래서는… 일찍 가는 것도 글렀네……'

어디가 줄의 끝인지조차 구분이 가지 않는 인파를 보며 자포자기한 심정으로 한숨을 내쉬던 나는 문득 모여 있는 이들의 모습이 어딘가 부자연스러움을 느꼈다.

출렁출렁―

"으응?"

밀집된 사람들이 마치 파도타기라도 하는 듯 무언가에 맞춰 좌우로 출렁거리고 있었다.

조류도 없는 건물 한복판에 느닷없이 생겨난 인간의 파도를 보며 문득 그들의 시선을 따라 고개를 돌렸다가 이곳에 조류를 만들어내고 있는 진원을 찾아냈다.

"…흐음, 저 녀석들이 원인이란 말이지."

"바보야! 여기서는 줄을 서야 한다니까!"

"홍! 바보 엘프들 말 따위 들을까 보냐! 난 여기 이 아가씨 옆이 좋다!"

후다닥!

티격태격하며 이리저리 옮겨 다니는 벨라와 엠페러, 둘을 따라 출렁이는 사람의 벽을 보며 속으로 웃어 보인 나는, 짐짓 엄한 목소리로 둘에게 말했다.

"어허! 사람들도 많은데 뭐하는 짓들이야? 시끄럽게 굴지 말고 저기 구석 가서 놀아!"

"히잉……."

시무룩―

내 말에 금방 울상을 짓는 벨라와 엠페러의 모습에 순간 나를 향한 적의 가득한 시선이 몰려들었지만, 이내 접수처와는 정반대 구석을 향해 가는 둘의 목소리가 점차 커지며 나를 향한 위험한 시선들은 금방 떨어져 나갔다.

"바보야! 너 땜에 제로한테 혼났잖아!"

"누가 바보라는 거냐! 너희 엘프들의 바보짓을 수백 년이나 받아줬던 내 앞에서 말이야! 너 땜에 괜히 주인한테 혼났잖아!"

'휴… 이래저래 양날의 검이로군.'

살의로 가득한 시선을 잔뜩 받고 있던 나는 둘의 싸우는 소리와 함께 순식간에 사라지는 관심을 느끼며 작게 안도의 한숨을 내쉬었다.

'그럼 어디 반응이 어떤지 좀 볼까?'

나는 아까 인의 파도를 만들어 내던 사람 무리를 주시하며 입질이 오기를 기다렸다.

'후후, 저긴 발을 동동 구르고… 한쪽은 앞사람 째려보기라……'

나름 질서정연하게 서 있는 것처럼 보이는 접수처 앞의 사람들이지만, 잠시 관찰해 본 결과 꼭 그렇지도 않았다.

접수처 직원의 일 처리가 느린 것인지, 아니면 이곳의 시스템

자체가 아날로그 방식이라 오래 걸릴 수밖에 없는 것인지는 몰라도 접수처에서 사람들이 나오기까지는 꽤 오랜 시간이 걸렸다. 게다가 무슨 이유에선지 접수처 바로 앞에는 칸막이가 쳐져 있어 안쪽의 상황을 볼 수 없는 형태였기 때문에 끝나기까지 얼마나 남았는지 알 수가 없었다.

그렇기에 차례가 얼마 남지 않은 사람들은 빨리 자신 차례가 오길 기다리며 애타게 용병 길드 구석을 쳐다봤고, 아예 끝에 선 사람들은 모서리에 집중된 인파로 인해 선혀 보이지 않게 된 벨라와 엠페러를 찾아 슬슬 진열을 흐트러뜨리고 있었다.

그리고 마침내…….

"에잇! 까짓것 이따가 하지 뭐!"

어차피 순서가 한참 남았기 때문이었을까, 접수처의 줄이 맨 뒤에서부터 분열되기 시작하더니, 하나둘 그 숫자와 분열 위치가 빠르게 늘어나기 시작했다.

"젠장! 그래, 이건 언제라도 접수할 수 있잖아!"

"이 퀘스트 접수 시스템, 진짜 건의해서 바꿔야 한다니까!"

"왜 이런 쓸데없는 부분에 디테일한 거야!"

우르르르—

이런저런 투덜거림을 남기며 벨라와 엠페러가 있을 구석으로 우르르 몰려가는 사람들의 말투는 불만이 가득했지만, 정작 얼굴에는 기대가 만연한 표정들이었다.

"좋군."

썰렁.

그렇게 나는 한결 횅해진 접수처를 향해 느긋하게 걸어갔고, 때마침 마지막으로 접수 창구에 머리를 디밀고 있던 사람이 자리에서 빠져나왔다.

쿵!

"어이구, 실례."

"이런! 죄송합니다."

사람들이 없다는 생각에 너무 안일했던 탓일까, 나는 나 말고도 접수하러 오는 사람이 있음을 발견하지 못하고 상대와 부딪쳐 각각 반대로 튕겨져 나가고 말았다.

'응? 이 사람은⋯⋯.'

서로 인사를 하며 각자 한 발자국을 물러서던 도중, 나는 상대가 꽤나 익숙한 갑옷을 입고 있는 것을 발견하고 눈에 이채를 띠었다.

'순백의 기사⋯⋯?'

일전에 봤던 순백의 기사와 똑같은 새하얀 풀 플레이트에 허리춤에 달린 날렵하게 생긴 흰색의 검은 그를 떠올리게 하기에 충분했다.

'하지만… 다르군.'

몸을 부딪친 순간, 나는 단숨에 알 수 있었다.

상대가 순백의 기사가 아님을.

'순백의 기사는 추정 250레벨의 정통 성기사 클래스… 그만한 유저가 풀 플레이트를 갖춰 입은 상태로 나랑 부딪쳤는데 서로 같이 튕겨 나간다고? 그럴 리가 없다.'

물론 리버스 라이프에서는 유저의 괴물 같은 스텟이 일상생활 속에 자동으로 발휘되어 문제가 발생하는 것을 막기 위해 의식하지 않는다면 스텟의 효과가 발휘되지 않도록 안배를 해두었다.

하지만 그렇다고 한들 그 차이가 없는 것은 아니기에 일상생활 속에서도 은연중에 그 차이를 느낄 수 있는 순간은 많이 있었다.

예를 들어 방금처럼 두 사람의 몸이 부딪친다면 힘과 체력이 높은 사람은 상대적으로 덜 흔들리고, 민첩성이 높은 사람은 세게 부딪치더라도 쉽게 균형을 잡을 수 있도록 자동 보정이 되는 것이다.

하지만 방금 내가 부딪친 이 사람은 풀 플레이트를 입을 만큼 힘에 투자를 한 캐릭터임에도 의외로 나와 비슷한 반동으로 물러섰을 뿐 아니라, 오히려 균형을 잡는 과정에서는 내가 더 빠른 듯싶었다.

'내 힘과 체력은 도합 600여… 레벨로 치면 약 60레벨분의 스탯 포인트… 그리고 민첩성은 아이템을 포함 380이니… 대충 100레벨이 못 되나 보군.'

지금 내 스탯은 어제 확인을 한 이후로 변동이 없는 상태였다. 1,000이라는 무지막지한 여분의 스탯 포인트가 있긴 하지만, 애당초 백수라는 직업에게 필요한 주요 스탯이 무엇인지 감을 잡을 수가 없을뿐더러 당장 추가 스탯이 없더라도 펭귄 소드가 있는 한 딱히 불편함이 없기에 스탯 사용을 보류해 둔 것이었다.

물론 스킬 역시 사용할 수 있는 것 자체가 거의 없기에 100레벨분의 스킬 포인트도 그대로 남아 있는 상태였다.

'순백의 기사가 아니라면… 동경하는 상대를 코스프레한 건가?'

유심히 상대의 모습을 살펴보니 여러모로 디테일한 부분까지 그와 비슷한 듯싶었다. 유일한 차이가 있다면 망토를 따로 착용하지 않고 있던 순백의 기사와 달리 양쪽 어깨에 고정된, 조금 짧아 보이는 망토가 있다는 점 정도였다.

내가 그렇게 상대를 분석하고 있는 사이, 순백의 기사를 코스프레한 기사가 나에게 먼저 말을 걸었다.

"아, 먼저 사용하시죠. 전부터 기다리셨던 것 같은데."

친절하게 손까지 내밀며 나를 접수 창구로 유도하는 그의 모습에 나는 오히려 급히 사양했다.

서로 부딪친 입장이니 누가 더 잘했고, 누가 더 먼저 쓰느냐를 정할 수도 없을뿐더러… 한국인은 일단 삼세번이 아니던가.

상대가 누구인지, 잘 보여야 하는 대상인지조차 알 수 없지만… 그렇다고 나쁜 인상을 줄 필요는 없는 바, 잃는 것 없이 상대에게 호감을 얻을 수 있다면 몇 번을 사양해도 좋았다.

"괜찮습니다. 저는 용병 길드가 처음이라 시간이 좀 걸릴 것 같아서……."

사회생활로 단련된 자연스러운 사양의 기술은 입을 열기 무섭게 변명을 만들어냈다. 물론 변명이라 한들 거짓인 것은 아니었지만…….

"아뇨, 그래도 먼저 기다리셨는데……."

내 말에 코스프레 기사는 정론을 펼쳤고, 나는 이 순간 고민을 해야 했다.

한 번 더 밀 것이냐, 이번에는 이 정도 선에서 당기는 것으로 끝낼 것이냐.

사실 삼세번이라고는 했지만 세 번을 모두 다 채우는 것은 고

지식한 짓이었다. 주변 상황과 상대의 눈치를 살펴 적당한 때에 끊어주는 것도 할 수 있어야만 진정한 사회인이라고 할 수 있었다.

'어쩔까?'

단 몇 초에 수많은 경우의 수가 스쳐 가는 순간, 이런 내 고민을 먼지마냥 부숴 버리는 녀석이 튀어나왔다.

"아르덴 오빠! 뭐해, 초보라잖아! 저런 거 무시하고 그냥 빨리 가자!"

"엘로아, 그게 무슨 말버릇이야!"

도대체 언제부터 있던 것일까?

코스프레 기사… 아니, 아르덴이라 불리는 기사의 어깨 뒤에서 불쑥 튀어나온 자그마한 여자애가 꽤액! 소리를 질렀다.

"오빠, 그렇게 물러서 대체 게임을 어떻게 하겠다는 거야! 초보라잖아, 초보! 게임에선 레벨이 최곤데! 초보한테 무슨 예의고 동정심이야! 게다가 먼저 나서서 양보한다잖아! 그냥 좀… 읍읍!!"

"하, 하하하… 제 여동생이 입이 너무 거칠죠? 아직 철이 안 들어서……."

"하, 하하… 아닙니다. 그… 동생분도 빨리하고 싶어 하시는 거 같으니, 먼저 사용하시죠."

"아, 그럴까요? 하, 하하하."

이 상황이 불편했던 것인지, 코스프레 기사 아르덴은 의외로 순순히 고개를 끄덕이며 먼저 창구로 들어섰다. 그리고 그런 그의 어깨에는 여전히 입이 틀어막힌 여자애가 매달려 있었다.

"흠, 게임은 레벨이 다라……."

졸지에 동정 받을 필요조차 없는 초보자가 되어버린 나지만, 사실 그 여자애의 말이 그닥 나쁘게만 들린 것은 아니었다.

게임이란 것은 모든 것이 수치로 이루어진 세계. 그곳에서도 강함을 가장 명백하게 수치화하는 것이 바로 레벨이었다.

숫자로 이루어진 세상에서 더 높은 수를 가진 사람이 더 낮은 수의 위에 서는 것은 당연한 이치. 그리고 이는 현실도 똑같다. 현실의 강함을 가장 확실하게 나타내는 것은 바로 돈, 그리고 그 돈이 많은 자가 바로 강자였다.

그런 면에서 볼 때, 그 여자애의 말은 꽤나 합리적이고 타당한 이야기였다.

물론…….

'초보자에게 예의를 차릴 필요 없다든가 하는 건 동의하기 힘들지만…….'

비록 초보자라지만 게임 속 세계는 냉혹한 현실과 달리 누구든 노력 여하에 따라 성장이 가능한 시스템을 가지고 있었다. 현실에서도 간혹 가다 개천에서 용이 나는 판국에 그보다 더 편한 조건인 게임에서 용이 나오는 것은 문제도 아니었다.

고로 초보자라는 대상은 미래의 가치가 어떻게 될지 모르는 비상장 주식들로서, 굳이 나서서 건드릴 필요가 없는 존재라고 할 수 있었다.

'뭐, 그런 말을 해줄 사람은 이미 갔지만.'

사실 가지 않았다고 한들 오지랖 넓게 그런 설명을 구구절절 늘어놓을 내가 아니지만 말이다.

그때, 아르덴이 여동생의 손을 잡고 창구 쪽에서 걸어 나왔다.

"하하, 감사합니다. 덕분에 빨리 끝냈네요."

"아뇨, 제가 뭘요."

마주치기 무섭게 다시 한 번 서로에게 인사치레를 하며 나는 그의 손에 끌려오는 여자애를 관찰했다.

'키가 좀 작긴 하지만… 기척을 못 느낄 정도는 아닌데…….'

비록 다른 데 정신을 팔고 있었다지만, 사람이 하나 더 있었음에도 불구하고 전혀 기척을 느끼지 못했다는 것이 나의 호기

심을 자극했다.

하지만 이런 내 시선을 느낀 것이었을까?

뭔가 반응을 하기도 전에 곧장 제 오빠 뒤에 몸을 숨기는 엘로아의 모습에 속으로 가볍게 혀를 찼지만, 겉으로는 절대 그런 심정을 드러내지 않았다.

하지만…….

"하하, 이거, 너무 빼시는데요? 이렇게 접수처에 시원하게 길을 뚫어놓으신 덕분에 편하게 쓸 수 있었는걸요."

흠칫!

아르덴의 말에 나도 모르게 살짝 몸을 떨고야 말았다.

내가 벨라와 엠페러를 이용해 혼란을 야기한 것을 이미 파악하고 있는 게 분명한 아르덴의 말은 순간 가슴을 싸늘하게 만들기에 충분했다.

'언제부터 본 거지?'

나를 포함한 나머지 둘이 일행이라는 것은 사실 이곳에 있던 사람들이라면 누구라도 알 수 있을 정도의 정보이긴 했다.

또한 눈썰미가 있는 사람이라면 이런 상황을 유도한 것이 나임을 유추하는 것도 그리 어려운 일은 아니었다.

상황 자체는 그다지 이상할 게 없었다.

다만…….

'분명 보지 못했단 말이지.'

순백의 기사를 코스프레한 아르덴의 외양은 모습이 다 다른 사람 수천 명 사이에 세워둔대도 눈에 띌 만큼 특이한 모습이지만… 나는 이곳 용병 길드에 들어와서 나와 부딪치기 전까지 그의 모습을 본 적이 없었다.

물론 내가 잘못 봤을 수 있다는 가정도 할 수 있겠지만, 그렇다고 하기엔 마주쳤던 순간이 너무도 절묘했다.

사람들이 모두 한쪽으로 몰려 텅 비어 있던 공간에서 저토록 화려한 갑옷을 입은 사람을 기척조차 느끼지 못했다는 것은… 너무도 이상한 일이었다.

'그렇다면… 미리 숨어서 관찰을 하고 있었다는 건가?'

하지만 그렇게 생각하기엔 역시 걸리는 바가 많았다.

내가 무슨 이유로 관찰의 대상이 되었는가부터 시작해서 이들의 진정한 정체까지… 모든 것이 의문이 될 수밖에 없었다.

'차라리 우연이라고 생각하는 게 더 합리적이겠군.'

세상은 본래 말이 안 된다고 생각되는 일도 우연이라는 말과 엮으면 충분히 가능성이 있는 얘기가 되고는 한다. 근거라곤 전혀 없는 가설보다는 차라리 우연에 기댄 이야기가 더 설득력 있었다.

'사실 나랑은 관계없이 처음부터 숨어 있었는데 우연히 내 행동을 봤다… 정도이려나?'

그때, 이런 나의 생각에 어느 정도 확신을 심어주는 목소리가 들려왔다.

"어? 저 흰색 갑옷… 바이저스 길드 아니야?"

"으응? 진짜네?"

'바이저스?'

구석에 모여 있던 사람 중 한 명이 아르덴을 보고 내뱉은 말은 금세 커다란 웅성임이 되어 용병 길드 안에 메아리치기 시작했다.

"바이저스라고? 그런 대형 길드가 왜 이런 촌 동네까지 왔대?"

"혹시 모르지, 여기도 먹으려는 생각인지. 얼마 전에 바이저스 길드의 그 순백의 기사도 여기 와서 한바탕 했잖아."

"듣고 보니 그러네… 근데 여긴 최전방 기지잖아? 여기서 뭘 해먹을 게 있다고…….."

들리는 바에 따르면, 바이저스라는 길드는 상당히 유명한 길드인 듯싶고, 내가 저번에 본 적 있는 순백의 기사 역시 그 길드에 속해 있는 사람인 듯했다.

'그렇다면 역시 우연이려나…….'

딱히 무언가를 한 것도 아닌데 단숨에 바이저스 길드의 이야기로 가득 차버린 용병 길드를 보고 있자니 아르덴이 몸을 숨기고 있던 것도 어느 정도 납득이 갔다.

바로 그때, 아르덴이 미안하다는 듯 손바닥을 들어 보이며 말했다.

"이런, 들통나 버렸네. 죄송하지만 먼저 좀 가봐야 할 것 같습니다."

"아, 그러세요."

바이저스라는 이름을 들은 직후 개인적으로 궁금증이 생겨난 참이지만, 아르덴을 잡아둘 명분도 없거니와, 주변 분위기도 대화를 하기에 적합하지 않았다.

"그럼 다음에 기회가 있으면 또 뵙는 걸로."

사락—

짧은 인사와 함께 등에 걸치고 있던 망토를 길게 늘어뜨리자, 그야말로 눈 깜빡할 사이에 아르덴의 모습이 자리에서 사라졌다.

그리고······.

"아앗! 오빠, 같이 가야지!"

스르륵—

먼저 떠나 버린 아르덴을 따라 허공에 녹아들 듯 사라지는 엘로아를 보면서 나는 그제야 그 둘의 정체를 알 수 있었다.

"암살자 클래스였나……."

질끈.

어째서 처음부터 생각하지 못했을까 싶을 만큼 당연한 결론이었다.

그만큼 완벽하게 당했기에 뒤늦게 생각난 결론이기도 했다.

'풀 플레이트를 입은 어쌔신… 어린 여자애의 모습을 한 어쌔신을 누가 상상할 수 있겠어?'

아르텐과 엘로아 남매의 허를 찌르는 변장만 보더라도 그들은 분명 톱클래스의 어쌔신 유저들임에 틀림없었다.

'특히나 아르텐은…….'

아까 아르텐과 몸이 부딪쳤을 때 밀려났던 위치를 살펴보았다.

그러다가 민첩성이 주 스테이터스인 어쌔신이 나와 동일한 수준의 힘을 지니고 있었음을 깨달았다. 또한 밀려났다가 자세를 수복하는 과정에서 나보다 늦었던 것조차 풀 플레이트의 기사를 연기하는 중이었음을 깨달았다.

갑작스러운 순간에도 냉철함을 잃지 않고 상상도 할 수 없는 연기를 하는 톱클래스의 어쌔신. 그리고 그런 어쌔신 외에도 톱클래스의 기사 유저를 데리고 있는 바이저스 길드란

곳은……

부르르르—

'꼭 다시 봤으면 좋겠군……'

이 순간, 가슴이 뛰었다.

Chapter 5

스켈레톤

"호오~ 이런 방식이라 오래 걸렸던 거구만?"

용병 길드의 창구 쪽 칸막이 안.

나는 그 속에 펼쳐진 또 다른 세계에 눈을 동그랗게 떴다.

"켈켈켈… 그래, 무슨 의뢰를 원하나?"

한가운데 둥그런 탁자를 두고 앉은 채 검버섯과 주름이 가득한 얼굴로 기분 나쁘게 웃어 보이는 노인이 물었지만, 나는 차분히 주변을 살폈다.

'분명 좁은 칸막이 안에 들어왔는데… 들어와 보니 이렇게 넓은 공간이라…….'

나는 벽에 빼곡하게 걸린 수많은 임무 지령서들과 여기저기 알 수 없는 분류로 잔뜩 쌓여 있는 두루마리들을 보며 슬쩍 물었다.

"…어디까지 됩니까?"

"…호오."

이런 내 대답이 꽤나 흥미롭다는 듯 입술을 모은 그는 이내 듬성듬성 빠진 이를 드러내며 씨익 웃어 보였다.

"나에게… 그린 식으로 의뢰를 골라 날라고 한 녀석들 치고 두 발로 돌아온 녀석이 없었지. 켈켈켈……!"

'어? 나 뭔가 잘못 말했나?'

내 대답을 듣기 무섭게 기분 나쁜 미소를 지으며 주변의 두루마리들을 탐색하기 시작한 노인을 보며 불안한 마음이 들었다.

내가 어디까지 되냐고 물어본 것은 사실 이곳을 처음 이용하는 티를 내지 않고 최대한 유용한 퀘스트를 알아볼 생각으로 던져 본 말이었지, 결코 상대를 도발하려던 게 아니었기 때문이다.

'젠장… 좀 더 평범하게 물어볼 걸 그랬나?'

어두침침한 주변 분위기에 맞물리도록 적당히 허세를 부려본 게 이런 반응으로 되돌아올 줄은 몰랐다.

'그래도 용병 길드는 초보자부터 최고 레벨 유저까지 모두 공통적으로 이용하는 곳. 그런 곳에서 NPC가 유저를 골탕 먹이려고 일부러 어려운 일을 골라 오진 않겠지.'

그때, 벽면 서가에 깔끔하게 정리되어 있던 퀘스트 두루마리를 뒤적이던 노인이 어쩐지 심각한 얼굴로 두루마리를 하나 테이블로 가지고 오며 물었다.

"너… 분명 이곳에 온 건 처음이지?"

"예? 아, 예……."

'뭐야, 처음부터 알고 있던 건가?'

괜히 허세 같은 걸 부렸다는 생각에 어쩐지 낯부끄러운 기분이었지만… 이미 지나간 일을 후회해 봐야 소용없었다.

"흐음… 그리고… 레벨 100이라……."

"어떻게 그걸?"

"흥, 여기에 들어온 순간 네놈의 정보는 이 공간에 걸린 마법으로 전부 분석되어서 나에게 들어온다. 너같이 막무가내로 퀘스트를 추천해 달라는 녀석들에게 내가 아무런 정보도 없이 골라 줄 수 있을 것 같으냐? 말하는 싸가지를 보면 그냥 다 죽으라고 케이안 숲에 금모원왕이라도 잡으라 보내 버리고 싶지만……!"

뜨끔!

왜 하필 금모원왕인지는 모르겠지만, 얼떨결에 실제 금모원왕을 잡은 나로서는 뜨끔하지 않을 수 없었다.

"…내가 맡은 일이 이런 것이니 어쩔 수 없지."

잔뜩 찡그리며 그렇게 말하는 노인의 얼굴엔 무언가 알 수 없는 감정이 묻어났다.

"자, 확인해 봐라. 네놈한테 어울리는 퀘스트다."

촤락.

두루마리를 묶은 끈을 풀어 테이블 위에 넓게 펼치는, 숙련된 일련의 농작은 노인의 경력을 묻지 않아도 될 만큼 사연스러웠다.

하지만 나는 내 앞에 나타난 퀘스트 내용을 보고… 노인을 의심해야만 했다.

"아니… 잠깐만요! 이거 정말입니까?"

"흥, 네놈은 내가 장난이라도 쳤다는 거냐?"

"아니… 하지만……."

굉장히 날카롭게 반응하는 노인을 보며 말을 줄인 나였지만, 그렇다고 한들 노인의 장난을 의심하지 않는 것은 아니었다.

그도 그럴 것이…….

'200레벨이라니……!'

〔스켈레톤 처치 ― 일반 지정 의뢰〕

케이안 숲으로부터 유입되는 몬스터를 막는 최전방 기지 케이안 성. 성 밖 북쪽에는 케이안 성을 지키다 유명을 달리한 모험가와 용맹한 전사들의 공동묘지가 있다.

오래전 몬스터 떼가 창궐하여 전 대륙을 휩쓸던 시절, 언제 어디서든 부지불식간에 튀어나와 사람들에게 피해를 주고, 저들끼리 몰려다니며 인간들을 학살하고 다니는 몬스터 떼에 대항해 인간들은 마침내 국가와 인종을 넘어 모이게 되었고, 그들의 일치단결한 힘으로 대륙으로 쏟아져 나온 많은 몬스터들을 처리할 수 있었다.

하나, 이곳 케이안은 달랐다. 다른 지역에 나타난 몬스터들과 달리 케이안 숲을 근원으로 하는 몬스터들은 그 수준이 질적으로 달랐고, 수많은 이들이 이를 막고자 케이안 성으로 몰려들었지만 숲에서 쏟아져 나오는 몬스터들을 모두 처리하기엔 역부족이었다.

그렇게 사람과 몬스터의 죽고 죽이는 소모전이 계속되던 그때, 인간 측의 지휘관이었던 장군 라모스는 기괴하고도 끔찍한 생각을 해내고야 만다.

그것은 바로 미끼 작전.

불규칙적으로, 무질서하게 쏟아져 나오는 케이안 숲의

몬스터지만, 유일한 공통점이 있다면 인간의 고기에 사족을 못 쓰고 달려든다는 사실에서 착안한 이 작전은, 오랜 싸움 속에서 케이안 성 한편에 쌓여가는 수많은 시체를 처리할 방법을 논의하던 도중 제안된 것이었다.

몬스터를 잡기 위해 인간이 인간의 시체를 이용하는, 비윤리적이고 반사회적인 방법.

하나 장군 라모스는 이 끔찍한 방법을 수용하고야 말았다.

많은 이들이 반발하고 나섰지만, 처치 곤란이 된 수많은 시체와 끝도 없이 몰려오는 몬스터를 효과적으로 처리할 수 있다는 말에는 그 누구도 반박할 수 없었기에…
그들은 불과 며칠 전까지만 해도 동료였던 이들의 시체를 성벽 밖으로 던지고, 함정으로 만들고, 덫 위에 먹기 좋게 얹었다.

잔혹하기 짝이 없는 그 작전은 장군 라모스의 예상처럼 잘 맞아 들어갔고, 결국 시체를 이용한 적극적인 전술을 통해 인간들은 승리를 쟁취해 냈다.

이후 전쟁이 끝난 뒤, 장군 라모스는 군사재판에 회부되었지만, 공로를 인정받아 그의 비윤리적이었던 작전에 대해서 불문에 부치는 것으로 판결을 받았다.

하지만 세간은 그를 진혹의 라모스라 부르며 경멸했고, 세상의 경멸에 시달리던 그는 말년에 홀연히 자취를 감추었다.

그리고 그 어느 곳보다 치열한 싸움을 벌인 케이안에서는 희생자들을 기리기 위해 성 북부에 거대한 공동묘지를 만들어 희생자 모두를 그곳에 안치했다고 한다.

그로부터 수백 년이 지난 지금, 세상은 역사를 잊고, 영웅의 희생을 잊고야 말았다.

아무도 관리하지 않게 된 케이안 성 북부의 공동묘지… 그곳에서 분분히 일어서는 영웅의 망령에게 영원한 안식을 줘야 할 때가 왔다.

시간 : 무제한

보상 : 몬스터 한 마리당 추가 경험치 2,000, 보스 처치 시 추가 보상 획득

성공 조건 : 북부 공동묘지의 언데드 몬스터를 열 마리 이상 처치

실패 조건 : 퀘스트 포기

실패 페널티 : 없음

권장 레벨 : 200

길고 긴 사연과는 달리 심플한 퀘스트 내용이었다.

하지만 그보다 나의 눈길을 끈 것은 퀘스트의 가장 말미에 붙은 권장 레벨이었다.

"아니, 좀 전에 제 레벨이 100이라고 직접 말씀하셨잖아요?"

"흥, 그래서 뭐 어쩌란 거냐! 나도 이런 경우는 처음이야! 네놈의 프로필을 분석해 자동으로 선정한 게 바로 그거란 말이다!"

'자동으로 선정됐다고?'

아까 한참이나 직접 두루마리를 뒤적여 놓고 이제 와 자동이라니, 나를 놀리는 것으로밖엔 들리지 않았다.

"아니… 그래도 그렇지, 200이라니……."

"뭐! 불만이면 그냥 나가!"

꼬장꼬장한 얼굴로 화를 내는 노인을 보면서 눈살을 찌푸린 나는 이내 두루마리를 집어 들었다.

용병 길드의 시스템상 지금 받는 퀘스트는 한 번에 한 가지만 수행할 수 있도록 되어 있고, 내용을 확인할 수 있는 퀘스트 역시 한 개뿐이었다. 만약 다른 퀘스트를 진행하고자 한다면 기존 퀘스트를 클리어하거나 혹은 퀘스트를 받은 후 하루 뒤에 취소하는 방식을 취해야만 했다.

즉, 나로선 선택의 여지가 없는 것이었다.

"어휴, 알겠습니다. 일단 받아들이고… 내일 취소하러 올게요."

"시끄러, 꺼져!"

두루마리를 챙겨 돌아가는 나를 폭언으로 배웅하는 노인을 보며 눈살을 찌푸린 나지만, 어쨌거나 내일도 그를 봐야 한다는 생각에 억지로 표정을 풀고 인사를 했다.

"그럼, 내일 뵙겠습니다."

그 말을 끝으로 한 사람의 모습이 공간 저편으로 사라졌고, 이내 홀로 남은 노인이 품속에서 파이프를 꺼내 물며 중얼거렸다.

"라모스와 관련한 퀘스트가 두 개라… 오늘은 정말 이상한 일투성이군."

그의 듬성듬성한 잇새로 새어 나오는 담배 연기가 자욱해진다. 그는 짙은 담배 연기 사이로 보이는 퀘스트 두루마리 서가에 나란히 비어 있는 두 자리가 유달리 크게 느껴졌다.

"뭐, 그런 노인네가 다 있담!"

투덜투덜—

나는 처음 이용해 본 용병 길드가 생각처럼 만족스럽지 못했음에 잔뜩 투덜거리며 예의 그 공간을 빠져나왔다.

"이건 좀 신기하긴 하다만……."

아무리 봐도 사람 하나 들어가면 딱 맞을 정도의 조그만 칸막이 속에 그런 거대한 공간이 이어진다는 점은 몇 번을 봐도 신기했지만, 정작 그곳을 지키고 있는 사람이 마음에 들지 않아선지 별로 다시 들어가고 싶지는 않았다.

"저 녀석들은 아직도 저러고 있네……."

"내가 사과 먹는다고 했잖아!"

"바나나 먹을 줄 몰라서 껍질째 먹은 주제에!"

티격태격.

사실 내가 의도한 바가 저런 모습이었으니 그들 나름대로는 충실하게 명령을 따르고 있는 모습이지만, 내 기분이 언짢아서인지 그조차 별로 마음에 들지 않았다.

"가자."

"앗, 주인!"

"제로, 같이 가!"

퉁명스럽게 말하며 용병 길드를 나서는 내 뒤로 곧장 엠페러와 벨라가 따라붙었지만, 나는 그런 데 신경을 쓰기보다 내가 들고 나온 퀘스트 두루마리를 노려보는 데 집중했다.

"쳇, 나이 먹고 꼬장 피우기는……."

처음에는 어떻게든 납득해 보려고도 했지만, 아무리 생각해 봐도 레벨 100에 불과한 나에게 권장 레벨이 200에 달하는 퀘스트가 나온다는 것은 놀림당했다고밖엔 볼 수가 없었다.

'버그일 가능성도 있으려나?'

대개 용병 길드를 통해 주선되는 퀘스트는 파티를 기준으로 등록이 되기 때문에 대부분 본인의 실력보다 조금 더 어려운 임무가 주어지는 게 일반적이라고 벨라에게 들었다.

그리고 그것이 정말 노인의 말처럼 자동적으로 유저를 분석하고 그에 맞춰 선정을 해주는 것이라면, 그 과정에서 어떠한 버그에 의해 선정된 것일 수도 있었다.

"그래도 그렇지… 200은 너무 심하다고."

물론 퀘스트야 진행하지 않으면 그만이긴 하지만, 아까 말했다시피 용병 길드의 퀘스트는 한 번에 하나, 그리고 취소하는 데 있어서도 하루의 시간을 필요로 했다.

새로운 경험에 대한 기대감으로 부풀어 있던 나에게 하루를 기다려야 한다는 것은 너무도 아쉬운 일이었다.

그때, 내 뒤를 헐레벌떡 쫓아온 벨라와 엠페러가 나에게 물었다.

"무슨 일인데 그렇게 뒤도 안 돌아보고 가는 거야?"

"주인, 내가 멀리 떨어졌으면 뛰어오게 하지 말고 앞으로 재소환을 해줘라. 몸이 무거워서 뛰기 힘들다."

아니, 정확하는 물어본 건 벨라뿐이고, 엠페러는 자신이 편하고자 소환수로서의 기능을 최대한 활용하는 팁 아닌 팁을 가르쳐 준 것이지만……

어쨌거나 나는 일행인 이 녀석들에게 내가 용병 길드에서 겪은 일과 퀘스트의 내용에 대해 설명했다.

"흐음… 예상보다 훨씬 높은 수준의 퀘스트라……"

내 말을 듣고 곰곰이 고민하는 벨라의 모습을 통해 혹시 무언가 칸으로부터 들어서 배운 것이 있는 것은 아닐까 생각했지만, 이어진 그녀의 말에 그런 기대는 무참히 깨어지고 말았다.

"정말 알 수가 없네… 그런 경우는 단 한 번도 들어본 적이 없는데……"

"그래?"

결국 오늘 하루를 완전히 공쳤다는 생각에 인상을 찌푸리던 나는 이어진 벨라의 말에 다시 한 번 고개를 갸웃거렸다.

"그럼 한 번 가보자."

"…응?"

벨라의 말이 잘 이해가 되지 않아 반문하자, 기다렸다는 듯 대답이 돌아왔다.

"그 공동묘지라는 곳에 얼마나 강한 녀석들이 있는지는 모르지만… 우리가 나온 케이안 숲은 최상급 모험가들도 함부로 발을 들이기 꺼려하는 곳이라고 했어. 그런데 우린 거기서 매일같이 훈련하고 심지어 뚫고 나오기까지 했잖아? 묘지에 있는 녀석들이 아무리 강해봐야 설마 숲에 있던 녀석들만 하겠어?"

"그, 그럴까?"

사실 되물을 필요도 없이 일리 있는 말이었다.

실제로 케이안 숲은 금지라고 불러도 될 만큼 위험한 곳으로 분류되고 있지만, 우리는 이미 그 숲에서 오랫동안 생활하고, 심지어 보스 둘을 해치우고 나오기까지 한 몸들이었다.

케이안 성 근방에서 가장 난이도가 높다고 소문난 곳을 그렇게 헤집고 다닌 우리가 그보다 못한 곳에서 당할 이유가 없는 것이다.

'생각해 보면 퀘스트 내용도 언데드 몬스터 열 마리를 처치하는 것뿐이니까…….'

그 정도라면 해볼 만하다는 생각이 들었다.

"그럼… 가보자!"

결국 공동묘지에 가기로 마음을 굳힌 나는 벨라와 엠페러를 이끌고 성의 북쪽으로 방향을 잡았다.

'성의 밖에 위치해 있다고 했으니, 갈 때까지 시간이 꽤 걸리

겠네.'

"빨리 가보고 싶다."

"언데드 몬스터를 보러 가는 건데 왜 그렇게 좋아하는 건가, 엘프?"

"그렇게 신기한 걸 보러 가는데 넌 안 신나? 생각해 봐! 걸어 다니는 시체라고! 죽은 게 움직이는 데 신기하지 않겠어?"

'어쩐지 들떠 보이던 게… 저것 때문인가……'

하기야 컴퓨터 그래픽으로 만든 미디어를 통해 좀비니 뭐니 하는 것들에 익숙해져 있는 우리들과 달리 언데드라는 것은 이쪽 세계에서는 희귀하고 금기시되는 종류이니 신기할 법도 했다.

'그런데 그렇게 치면 이 옆에 말하는 펭귄은 더 신기한 거 아닌가?'

갸웃.

어쩐지 주객이 전도된 것 같다는 생각을 하며, 그렇게 우리 일행은 수다 속에 북부 공동묘지로 향했다.

"…주인."

"…왜?"

"배고프다."

"……."

나는 시선을 돌려 엠페러의 뽈록 튀어나온 배를 보며 말했다.

"그거 먹었잖아."

"…이건 먹은 게 아니잖나?"

"…입에 넣고 삼켰으면 먹은 거지 뭐."

나와 엠페러가 실없는 소리를 하는 사이, 멍하니 우리의 대화를 듣고 있던 벨라가 중얼거렸다.

"우리… 어쩐지 비슷한 일을 겪었던 것 같지 않아?"

"……."

"……."

먼 여행을 나섰지만 생필품이라곤 전혀 챙겨 오지 않은 우리, 그리고 몰려오는 허기.

바로 얼마 전, 케이안 서부 숲에서 겪은 일과 똑같았다.

"주인… 우리 먹을 건 없는 건가?"

끄덕.

"마실 것도?"

끄덕.

"주인……."

"……?"

"먹을 게 나올 때까지 소환 해제를 요청하네, 주인."

"……."

다시 한 번 꼼수로 상황을 빠져나가려는 엠페러의 의견을 가볍게 기각한 나는 문득 고개를 돌려 상당히 멀어진 케이안 성을 보며 말했다.

"이미 돌아가긴 늦었어. 가다가 뭐라도 찾아보자."

"……."

"……."

물론 돌아가고자 한다면야 얼마든지 돌아갈 수 있는 거리이긴 하지만, 이미 걸어 나온 거리가 꽤 되는데다 퀘스트 두루마리에 표기된 지점까지 얼마 안 남았다는 점을 생각하면 여기서 그냥 돌아가는 것은 꽤나 아까운 일이었다.

결국 우리 셋은 주린 배를 움켜쥐고 걸음을 옮겨 마침내 케이안 북부, 공동묘지에 도착할 수 있었다.

"와… 엄청 음침하네."

이곳이 공동묘지임을 알리려는 의도인지는 몰라도 들어서기 전부터 음침한 기운을 흩뿌리는 모습은 보는 사람을 절로 섬뜩하게 만들었다.

그때, 벨라와 엠페러가 동시에 나를 흔들며 외쳤다.

"저기!"

"저기!"

"…뭐야?"

뜬금없는 둘의 행동에 가리키는 방향을 향해 고개를 돌린 나는 그곳에서 흘러나오는 약한 불빛을 발견했다.

혹여나 무언가 이상한 것이 있는 것은 아닐까, 슬쩍 경계 태세를 취하던 나는 이내 이어진 둘의 말에 한숨을 내쉬고야 말았다.

"저기서 맛있는 냄새가 난다, 주인!"

"저기서 사람 둘이 뭘 먹고 있어!"

"이 멍청이들이……."

기껏 여기까지 와서 가장 먼저 하는 소리가 저런 것이라니… 문득 이 일행의 조합은 정말 괜찮은 건가 생각이 들었지만, 몸은 정직했다.

꼬르르르륵─

"……."

"……."

"크흠, 크흠……."

내 배꼽시계 소리에 맞춰 가느다란 눈초리들이 따갑게 찔러오는 게 느껴졌다.

"그, 그럼 가서 조금만 얻어볼까?"

"와아아! 가자!"

"가자! 먹자! 주인!"

우다다다!

말이 끝나기 무섭게 불빛을 향해 달려가는 벨라와 엠페러를 보며 다시 한 번 한숨을 내쉬는 나였지만, 때마침 불어온 바람이 나를 흔들었다.

후우웅―

"킁… 킁킁! 스, 스프인가?"

바람을 타고 흘러드는, 뜨끈하고 달싹지근한 향기가 코를 파고들자, 어느새 내 몸은 의지와는 무관하게 앞서간 두 사람의 뒤를 쫓기 시작했다.

"가, 같이 가!"

잠시 뒤, 불빛이 있던 쪽에서 작은 소란이 일었다.

"응? 오빠, 누가 오는데?"

"…알고 있어."

스튜를 뜬 수저를 도로 내려놓으며 허리춤의 날렵한 칼에 손을 갖다 댄 아르덴이 자신들을 향해 오는 정체불명의 무리를 날카롭게 노려봤다.

'달려오는 폼을 보니… 사람이라기보단 몬스터인가? 확실히 하나는 사람이라기엔 굉장히 작아 보이기도 하고… 이 필드에

저런 몬스터가 있었던가?'

이곳 북부 공동묘지는 케이안 성과 꽤 떨어진 곳에 위치해 주변에 꽤 많은 몬스터들이 서식하고 있다. 하지만 몬스터에 의해 희생된 이들을 기리는 묘지답게 이곳에는 야생 몬스터들을 쫓아내는 특별한 결계가 작동하고 있고, 심지어 이 공동묘지의 언데드들은 일반 몬스터에 대해 극도의 적대감을 가지고 있어서 만약 일반 몬스터가 지근거리에 접근하면 떼거리로 달려드는 특성이 있었다.

'하지만 그런 낌새는 없군.'

언데드 몬스터들이 뛰쳐나오는 기색도, 이 주변의 결계가 작동하는 모습도 보이지 않았다.

그렇다면 가능성은 두 가지 정도, 하나는 저들이 몬스터가 아닐 경우, 다른 하나는······.

"결계로 감지하지도, 막지도 못하고, 언데드들조차 대항 못하는 부류의 몬스터라는 건가?"

언데드들이 나서지 못하는 경우에 대해서는 들어본 바 없지만, 결계가 발동하지 않거나 결계로 막지 못한 몬스터들에 대해선 이곳에 오기 전에 미리 조사했기에 알고 있었다.

'모두 엄청 강한 몬스터들이었다고 했지······.'

할짝─

아르덴의 혀가 살짝 윗입술을 핥고 지나갔다.

그리고 아르덴과 달리 태평하게 스튜를 떠먹고 있던 엘로아가 못 말리겠다는 듯 한숨을 쉬며 자리에서 일어났다.

"어휴, 또 병 도졌네… 내가 주의를 끌 테니까… 한 번 해봐."

끄덕—

엘로아의 말에 작게 고개를 끄덕인 아르덴은 예의 자신의 망토를 잡아당기며 그 기적을 지웠고, 그로부터 얼마 지나지 않아 그들 남매를 향해 돌진하던 몬스터들의 정체가 밝혀졌다.

뒤뚱뒤뚱! 우다다닷!

"밥! 바바밥밥밥!"

"밥이다!"

"…엥?"

그들은 도착하기 무섭게 모닥불을 향해 달려들었고, 이내 스튜가 끓고 있는 모닥불 옆에 나란히 자리를 잡고 앉아서는 엘로아를 향해 물었다.

"저, 저기… 이것 좀 먹어도 될까요?"

"인간! 이거 먹어도 돼?"

"으, 응? 그, 그래……."

"와아! 밥이다!"

허락이 떨어지기 무섭게 모닥불가에 놓여 있던 숟가락을 집어 들고 게걸스럽게 스튜를 퍼먹는 둘을 보며 엘로아가 당혹스러운 표정으로 중얼거렸다.

"사람……? 펭귄?"

그리고 이런 둘의 모습을 보며 그림자 속에서 다시금 모습을 드러낸 아르덴 역시 당혹스러운 표정으로 중얼거렸다.

"이들은……."

"야! 너네 뭐하는 거야! 치사하게 기다리지도 않고……!"

때마침 뒤이어 도착한 제로가 이미 열심히 스튜를 퍼먹고 있는 둘을 보며 소리를 지르다가, 문득 자신을 바라보는 아르덴과 눈이 마주쳤다.

"아, 죄송합니다. 저희 멍청한 소환수랑 가디언이 이렇게 폐를……."

굽신굽신―

눈이 마주치기 무섭게 허리를 굽히는 제로의 모습은 가히 섬전과도 같았지만, 그것만으로는 아르덴과 엘로아 남매의 충격을 풀어주기엔 모자란 감이 있었다.

"누가 멍청한 가디언이래!"

"주인! 내가 주인보다 오래 살았다! 책도 더 많이 봤다!"

우걱우걱―

스튜 옆에 놓여 있던 빵까지 알뜰하게 욱여넣느라 양 볼을 빵빵하게 채우고 말하는 모습은 멍청함을 반박하기엔 설득력이 적어 보였지만… 사실 그들 주인의 관심은 이미 다른 데 가 있었다.

'내가 잘못 본 게 아니라면… 아르덴 맞지?'

불과 몇 시간 전에 용병 길드에서 헤어진 아르덴을 이런 곳에서, 그것도 어찌 보면 만날 수 있는 다양한 방법 중 가장 최악에 가까운 형태로 만난 지금, 나는 도저히 허리를 펼 수가 없었다.

'아까 가는 거 보고 언젠가 다시 한 번 보고 싶다는 생각을 좀 하긴 했지만… 그렇다고 이렇게까지 빨리 보고 싶다는 말은 아니었는데…….'

게다가 그런 내 심경은 아는지 모르는지, 가디언과 소환수란 녀석들은 누가 봐도 이들 남매의 것으로 보이는 음식을 마구 먹어 치우고 있었으니, 가시방석이 따로 없었다.

그렇게 당혹감에 내가 몸 둘 바를 몰라 하던 찰나, 다시 한 번 분위기를 깨는 소리가 울려 퍼졌다.

꼬르르르륵—

"이, 이게… 그… 저기……."

당황한 나머지 말이 꼬여 문장을 완성하지 못하는 나에게 아르덴이 말했다.

"일단… 식사하시죠."

"…감사합니다."

어떻게 해도 이 뻘쭘한 상황을 벗어날 수 없음을 깨달은 내가 얌전히 자리에 앉았다.

밥은… 맛있었다.

Chapter 6

잔혹의 라모스

"호오, 그럼 제로 님도 이곳 공동묘지 퀘스트를 받고 찾아오신 건가요?"

"아, 예… 어쩌다 보니 그렇게 됐습니다."

"하하, 어쩌다 보니 그렇게 되다니요. 처음 용병 길드에 가자마자 권장 레벨 200대의 퀘스트를 받아 오시다니, 그런 능력이라면 이미 어쩌다가 아니죠!"

넉살 좋게 웃어 보이는 아르덴을 보며 여전히 쪽팔림에 몸 둘바를 몰라 몸을 비비 꼬고 있던 나는 후식으로 받은 차를 괜스레 휘적거리며 말했다.

"그러고 보니 아르덴 님도 이곳 퀘스트를 받으셨나 보군요."

"아, 예. 그렇죠."

꽤나 간단명료하게 대답하는 아르덴의 모습에 다시 할 말이 부족해진 내가 이어갈 대화의 소재를 찾아 필사적일 때, 엠페러의 뿔록한 배를 문지르던 엘로아가 말했다.

"초보자 주제에 어디서 노가다로 레벨만 주구장창 올려왔나 보네."

"엘로아, 무슨 말을 하는 거니!"

"흥, 그렇잖아. 성 밖 다른 필드로 들어오면서 보급 물자 하나도 없이 나온 것만 봐도 빤해. 어디 운 좋게 괜찮은 던전 찾아서 노가다로 레벨업하다 나온 거지. 기본 상식조차 없잖아?"

"엘로아!"

뜨끔!

나는 어쩐지 엘로아의 마지막 말에 뜨끔한 기분을 느끼며 다시 실없는 웃음으로 상황을 무마했다.

"하하하, 괜찮습니다, 아르덴 님. 실제로 저희는 초보니까요. 여태 레벨업만 잔뜩 하고 숲… 아니, 성을 벗어나서 정식으로 사냥을 나온 게 처음이거든요."

"거 봐, 내 말이 맞지?"

내 대답에 자신만만하게 콧대를 세우며 말하는 엘로아를 보며 하하, 웃어 보인 나는 이번엔 아르덴에게 반문했다.

"그나저나… 저야 초보자 주제에 운 좋게 여기까지 왔지만… 아무래도 아르덴 님은 저랑 반대시겠군요?"

"네? 아뇨, 그럴 리가요. 저도 마찬가지입니다. 대단할 것도 없는데 운이 좋았던 거죠."

그렇게 말하며 자신을 낮추는 아르덴이지만, 그의 당당한 말투를 통해 은근한 자신감 같은 것을 느낄 수 있었다.

'스스로의 실력에 대한 자부심이 꽤 있나 보군.'

하기야 아까 용병 길드를 빠져나가던 모습을 떠올려 보면 충분히 자부심을 가져도 될 터였다.

"아, 이렇게 다시 뵌 것도 인연인데… 같이 사냥이나 할까요?"

"네? 아뇨, 그렇게까지 폐를 끼칠 수는……."

"하하, 폐라뇨. 오히려 저희가 폐를 끼치지는 않을까 싶은데요."

아르덴의 제안에 이미 민폐란 민폐는 있는 대로 끼친 내가 극구 거부를 했지만, 그 순간 어디선가 들려오는 늘어지는 목소리가 그런 내 노력을 무참히 깨부쉈다.

"주이이인~ 아까 너무 어려울 거라고 투덜대지 않았나아아~? 그냥 같이 가서 도와달라고 하자."

엘로아의 허벅지를 베고 누운 채 완전히 초탈한 표정으로 퉁퉁해진 배를 통통 튕기던 엠페러가 그렇게 말하자, 의외로 엘로아 역시 동의하고 나섰다.

"그래, 초보자 셋이 이런 데서 뭘 하겠다고. 그냥 우리만 따라와! 쩔 해줄 테니까!"

자신감 있는 목소리로 외치며 부들부들 떨리는 엠페러의 배를 신나게 문지르는 엘로아의 눈빛은 어쩐지 다른 데 목적을 두고 있는 것 같았지만… 절대로 반대할 것이라 생각한 엘로아까지 동의하고 나서자 오히려 사양한 나만 뻘쭘하게 되었다.

게다가…….

"우리도 음식을 얻어먹었는데… 도와주자, 제로!"

누가 누굴 도와주겠다는 건지…….

어쨌거나 벨라의 그 말을 끝으로 다섯 중에 한 명만 반대하는 이 상황은 자연스럽게 결론이 지어졌다.

"휴우, 그럼… 잘 부탁드리겠습니다."

"하하, 오히려 저희가 잘 부탁드려야죠."

기분 좋게 웃어 보이는 아르덴과 가볍게 악수를 나누는 것으로 탱커 둘과 암살자 둘, 그리고 백수 한 명으로 이루어진 기묘한 조합의 파티가 만들어졌다.

〔파티에 가입하시겠습니까?〕

나는 눈앞에 나타난 메시지에 가볍게 수락을 눌렀다가 이어지는 메시지를 보고 살짝 눈을 찌푸렸다.

〔파티원에게 정보를 공개하시겠습니까? 정보 공개의 범위는 세부 설정을 통해 조절이 가능합니다.〕

'정보라……'

문득 생각해 보니 내 직업이 그대로 노출될 경우 생길 문제가 떠올랐다.

'백수라니… 그런 이름을 보여줄 수는 없지!'

성격 좋은 아르덴이야 보여줘도 괜찮겠다는 생각이 들었지만, 혹여나 엘로나가 본다면… 뒷일은 불 보듯 빤했다.

결국 재빨리 설정을 통해 직업명을 가리는 것으로 설정한 나는 아르덴에게 무어라 변명을 해야 할까 생각하다가 시간이 지나도 의외로 아무런 추궁도 하지 않는 그의 모습에 내가 먼저 나서서 물었다.

"아르덴 님?"

"네?"

"그… 혹시 제 직업이……."

"예? 아하하하. 신경 쓰지 마세요. 누구나 숨기고 싶은 건 있기 마련이죠. 제 정보를 한 번 보시겠어요?"

예상외로 호쾌하게 웃어넘기는 반응에 궁금증이 생긴 내가 아르덴의 정보를 띄우자 이내 이름 외엔 몽땅 물음표로 표기되는 파티원 정보가 나타났다.

"후후, 저야말로 사돈 남 말 할 처지가 아닌걸요. 심지어 저는 레벨까지 가렸으니… 오히려 제가 괜히 제로 님을 믿지 못하는 것처럼 보여서 죄송하네요."

"아, 아뇨. 신경 안 쓰셔도 됩니다."

나로선 오히려 좋았다. 솔직히 말해 나는 이 파티가 굉장히 부담스러웠다. 난생처음 만난 사람과 이렇게 친해져서는 서로 마음을 터놓고 말하고, 게임을 한다는 게… 나에게 있어서는 굉장히 불편한 일이었다. 나에게 먼저 미소를 짓고 접근한 사람과의 끝이 좋았던 경험은 별로 없었으니 말이다.

물론 지금은 경우가 조금 다르지만, 어쨌거나 나는 타인과는 어느 정도 거리를 두는 것이 여러모로 마음이 편했다.

"흐음… 그럼 포지션을 이렇게 할까요?"

"…네?"

내가 이해하지 못했다는 듯 반문하자 아르덴이 여태 바닥에 나뭇가지로 끼적이던 것을 보여주며 말했다.

"우선… 저희가 암살자 계열의 직업을 가지고 있다는 건 알고 계시죠? 그래서 저희는 정면 대결보다는 언제나 몰래 숨어서 기습하는 형태로 싸워왔거든요. 그런데 제로 님 일행 중에 타워 실드를 가진 탱커분이 계시니, 이렇게 앞세워서 몬스터 어그로를 끌고……."

"호오~ 호오… 과연!"

나는 아르덴이 설명하는 전술을 보며 연신 감탄을 했다.

여태껏 나 혼자 힘으로, 혹은 벨라와 손발을 맞추는 수준에서의 싸움을 해왔던 나에게 이런 체계적인 파티 전술은 꽤나 새로웠다.

"그리고… 여기서 중요한 게 제로 님인데……."

"네? 저요?"

한창 전술에 대해 설명해 나가던 아르덴이 은근한 목소리로 나에게 물었다.

"사실… 제로 님이 어떤 직업을 갖고 계신지 몰라서… 가디언으로 탱커를 따로 두신 걸 보면 대충 방어보다는 공격 계열의 직업이라는 것은 알겠는데 말이죠… 하하!"

그렇게 말하며 어색하게 웃어 보이는 아르덴을 보며, 나는 그의 눈썰미와 통찰력에 감탄을 하는 동시에 식은땀을 흘려야만 했다.

'뭐라고… 뭐라고 소개하지?'

내가 가진 무기 마스터리 스킬 중 가장 높은 것은 당연히 소드 마스터리. 하지만 100레벨의 검사라기엔 터무니없이 낮은 숙련도를 가졌기에 검사로 소개하는 데는 무리가 있었다.

하지만 그렇다고 아예 써본 적도 없는 무기를 보여주며 직업을 소개할 수는 없으니… 곤란하기 짝이 없었다.

'역시 검사가 무난하려나?'

물론 검이라고는 엠페러의 펭귄 소드와 품속에 가지고 있는 금빛 엄나라는 단검뿐이지만… 사실 그 정도가 무난했다.

그렇게 내가 말하기를 주저하는 사이, 뒤편에서 엠페러와 엘로아가 떠드는 소리가 들렸다.

"아이스 볼!"

"호오, 펭귄의 마법은 신기하네? 주문도 없어?"

"딱히 신기할 것 없다, 인간. 우리 펭귄은 수속성의 마법에 친화도가 높아서 조금 더 쉽게 사용하는 것뿐이니까."

'엥? 저 녀석, 마법을 쓸 수 있었나?'

아무렇지 않게 마법을 발동하고, 그것에 대해 수다를 떠는 목소리를 듣다 보니 문득 내가 레벨업을 해서 엠페러 역시 일부 스킬의 봉인이 풀렸음을 깨달았다.

그와 동시에 아르덴이 무릎을 치며 말했다.

탁!

"하, 이런… 죄송합니다. 빤히 소환수를 데리고 계신데 직업을 물어봤네요. 말하는 펭귄이 워낙 신기해서 잊어버렸습니다."

"하, 하하… 괜찮습니다. 저도 가끔 저게 제 소환수인걸 까먹거든요."

아르덴의 오해에 적당히 맞장구치며 위기를 넘긴 나였지만, 사실 거짓말도 아니었다.

말로는 엠페러를 소환수라고 부르긴 하지만 하루 종일 꺼내놓고 다니며 친구처럼 대화를 하고 있으니, 정말 소환수같이 느껴지지 않을 때가 훨씬 많았다.

'으음… 그럼 이 파티를 하고 있는 동안은 엠페러의 자체 능력을 최대한 활용하는 방향으로 가야겠네.'

익숙하지 않은 일이지만, 엠페러의 경우 굳이 내 명령이 아니더라도 알아서 잘할 게 분명하기에 부담이 적었다.

"자, 그럼 포지션은 이렇게… 제로 님을 제일 후방에, 그리고 탱커를 앞세우고, 펭귄은 그 뒤쪽, 양옆에 저희가 은신해서 움직이는 방식으로 하면 될 것 같네요."

"네, 그러시죠."

사실상 아무것도 안 하는 위치를 배정 받고도 뻔뻔하게 대답한 나는 곧장 벨라와 엠페러를 불러 해야 할 일에 대해 설명했다.

"…자, 알겠지? 벨라는 평소 하던 대로 하면 돼. 다만, 다 때려 부수고 할 필요 없이 적당히 공격만 막으며 서 있으면 저 둘이 알아서 처리할 거야."

끄덕—

"응, 알겠어!"

"그리고 엠페러, 너는… 오늘은 펭귄 소드를 사용하지 않을 거니까 이번에 쓸 수 있게 된 마법들로 최대한 적들을 처치해 봐."

"알겠다, 주인."

시원스럽게 대답하는 둘을 보며 만족스럽게 웃어 보인 나는 출발 준비가 끝났음을 알리러 아르덴에게 가려다가 문득 나를 붙잡는 손길에 발걸음을 멈췄다.

"주인."

"응?"

"그래서 주인은 뭘 하는 건가?"

"…응?"

이 녀석은 어쩜 이리 쓸데없는 곳에서 날카로운지… 내가 슬쩍 시선을 회피하자 엠페러의 뾰족한 시선이 내 얼굴을 찔러

왔다.

도망칠 곳이라곤 전혀 없는 위기의 순간, 내 머리를 스치는 것이 하나 있었다.

펄럭—

로브 자락을 펄럭이며 품속에 위치한 금빛 엄니를 내보인 나는 엠페러에게 말했다.

"나는… 후방에서 이걸로 뒤쪽에서 오는 적들을 견제하는 역할이야! 아주 중요한 역할이지! 물론 너희가 워낙 강하니까 뒤쪽에 몬스터가 남아 있긴 힘들겠지만… 어쨌든 뒤통수를 지키는 건 중요한 일이잖아? 그치?"

"흐음……."

어쩐지 의심스럽다는 듯한 눈초리를 보내던 엠페러는 잠시 고민하는 것 같더니, 이내 수긍했다는 듯 내 옷자락을 놔줬다.

"확실히, 기습에 대비해 후방을 지키는 것은 중요하지."

그렇게 말하며 그 작은 머리를 주억거리는 엠페러를 보며 나는 아르덴에게 말했다.

"포지션 설명 다 했고… 출발하면 될 것 같아요."

"아, 네. 알겠습니다. 먼저 움직이시면 바로 뒤따르도록 하겠습니다."

그렇게 말하며 예의 특유의 은신술로 모습을 감추는 아르덴 남매를 보던 나는 계획했던 대로 벨라와 엠페러를 앞장세우고 공동묘지에 느긋하게 입장했다.

사삭— 사사삭—

'호오, 파티원에게는 저렇게 보이는군.'

확실히 지역을 나누는 구분이 있는 것인지, 공동묘지에 들어서기 무섭게 주변의 일정 시야를 차단하는 짙은 안개가 우리를 감쌌지만, 그럼에도 불구하고 벨라와 엠페러가 전진하는 양옆으로 반투명한 사람의 형상들을 확실히 볼 수 있었다.

'하기야 파티원에게도 모습이 안 보이면 여러모로 곤란하겠지.'

그렇게 중얼거리며 난생처음 해보는 파티 사냥과 파티 시스템에 대해 느긋하게 분석하는 사이, 계속해서 앞으로 전진하던 우리에게 아르덴의 낮은 목소리가 들려왔다.

[이제 조금만 더 전진하시면 됩니다. 본격적으로 몬스터가 나오면 전진 속도를 늦추고, 확실하게 몬스터를 처리하고 움직이는 식으로 전진하면 될 겁니다.]

'이것도 스킬인가? 신기하네?'

분명 최후방에 떨어져 있는 나와 아르덴 사이에 상당한 거리가 있음에도 불구하고, 곧장 귀에 대고 말하는 것처럼 들리는 아르덴의 목소리에 놀라움을 표하던 그때, 불쑥 벨라 앞의 흙더미가 솟구쳤다.

푸화확!

기기긱! 키이익!

흙더미에서 솟구쳐 나온 것은 앙상한 스켈레톤으로, 무기라곤 누구 걸 주워 왔는지 모를 정강이 뼈 하나가 전부였다.

그런 후……

"까아아악! 징그러!"

투쾅!

콰자자자자작!

…나타나기 무섭게 퇴장해 버린 스켈레톤, 아니, 스켈레톤이었던 백골 더미를 보면서 내가 황급히 말했다.

"하, 하하! 아무래도 초반이라 굉장히 약한 녀석이 나온 거 같네요. 그쵸?"

어쩐지 반투명하게 보이는 두 사람으로부터 기묘한 시선이 느껴졌지만, 나는 뻔뻔하게 벨라에게 턱짓을 하며 무시하고 진행하도록 시켰다.

그리고 눈이 마주친 짧은 시간 동안 눈빛으로 텔레파시에 가까운 대화를 했다.

'그렇게 갑자기 죽이면 어떡해?'

'하지만 징그러운걸!'

'바보야, 좀만 참아. 쟤들 돕겠다면서? 니가 다 잡으면 안 되잖아!'

시무룩―

방패를 들고 전진하는 벨라의 뒷모습이 눈에 띄게 축 처졌지만, 사실 맞는 말이었다.

벨라는 식사에 대한 답례로 어쌔신 남매를 돕겠다며 파티에 참여한 상태였고, 그러자면 그녀가 몬스터를 처치해서는 안 되기에 벨라로선 힘 조절을 할 필요가 있었다.

'확실히⋯ 케이안 숲의 몬스터들도 저 방패에 다 박살이 났으니까⋯ 이런 곳에 있는 몬스터들쯤이야⋯⋯.'

그러다가 문득 무언가가 떠올랐다.

'응? 생각해 보니까 이 퀘스트 엄청 쉬운 거 아니야? 벨라가 있으면 아무 문제도 안 되잖아?'

순간, 어쩌면 이런 고레벨의 퀘스트가 주어진 게 버그나 우연이 아니라, 벨라와 엠페러의 능력을 합산한 평균값을 기준으로 정해진 것일지도 모르겠다는 생각이 들었다.

'생각해 보니 벨라가 가디언이 됐다는 것만 확인하고 벨라 능력치도 본 적이 없네?'

애당초 가디언이 생긴 것부터가 예상 밖의 일인데다 별로 벨라를 내 소유의 가디언 같은 걸로 생각해 본 적이 없었기에 따로 능력치를 확인하거나 관리해 본 적이 없었다.

'여유 있을 때 한 번 확인해 둘까?'

사실 굳이 따지자면 지금 여유 있는 건 여기에서 나 하나뿐이지만, 만약 예상치 못한 상황이 닥친다고 해도 벨라가 마음먹고 나선다면야 아무 문제 없을 것임을 알기에 꽤 편안한 마음이었다.

"가디언 정보."

〔가디언 보유 목록 (1)〕

이름 : 벨라 (엘프)

성별 : 여성

직위 : 엘프 전사

출신 : 케이안 숲 엘프 마을

직업 : 실드 메이든

레벨 : 322

…….

눈앞에 나타난 기다란 정보창은 오히려 유저인 나보다도 훨씬 세세하게 다양한 부분을 표기하고 있지만, 그 많은 것들 중

내 눈에 들어오는 것은 단 한 가지뿐이었다.

'레벨이… 322? 무지막지하게 높잖아?!'

200레벨 대의 몬스터를 일격에 가루로 만드는 것을 보며 200은 넘는 게 당연하다고 생각했지만… 322라는 레벨은 그야 말로 예상 밖이었다.

'이런 레벨을 갖고 지금 내 가디언을 하고 있는 건가?'

문득, 벨라에게 미안해졌다.

저런 레벨을 갖고 1레벨짜리 초보자의 훈련을 돕느라 매일 욕먹고, 지금에 와선 겨우 자기의 1/3레벨밖에 안 되는 나를 주인이랍시고 따라다니며 고생하고 있는 것 아닌가.

'100레벨이 엄청 초라해지네.'

오랫동안 1레벨에 머물렀던 탓인지, 갑자기 생겨난 100레벨이 엄청나게 높다고 생각하던 나였다. 물론 순백의 기사라는 괴물을 보긴 했지만, 그가 특출날 뿐이라고 생각했다.

하지만 이제 와 돌아보니 여태껏 만나본 사람들 중에 100레벨 미만의 유저는 하나도 없을뿐더러, 본 사람들 중 가장 강한 유저는 200레벨을 넘어선 지 오래였고, 심지어 나랑 같이 다니는 가디언은 300레벨을 넘긴 상태였으니… 100레벨에 만족해 있던 내가 한심할 지경이었다.

'그나마 엠페러가 나랑 같은 레벨이라는 걸 위안 삼아야

하나?'

물론 북쪽 숲의 지배자라는 타이틀을 가진 녀석의 본래 레벨이 겨우 100일 리는 없겠지만… 그나마 그것이 지금의 위안거리였다.

하지만…….

'에휴, 내가 그렇지 뭐…….'

어쩐지 울적한 기분이 들었다.

한 사람이 안개밖엔 안 보이는 어두컴컴한 하늘을 보며 청승을 떠는 사이, 파티의 앞쪽에선 꽤나 요란한 소란이 일고 있었다.

"끼야아악! 징그러! 징그럽다고! 저리 가!"

퍽퍽퍽!

"젠장! 어쩐지 몬스터들이 조금 약하다 싶더니… 물량으로 싸우는 곳이었나?"

"오빠! 우리 스킬로는 불리해!"

묘지 이곳저곳에서 몸을 일으키는 언데드의 숫자는 아르텐과 엘로아가 처치하는 것보다 훨씬 더 많았고, 어쌔신 계열의 기습과 암습, 그리고 급소를 노리는 공격에 특화되어 있는 남매에게 언데드는 그러한 특성이 소용없는 아주 성가신 상대였다.

'젠장… 공동묘지라곤 했지만… 이렇게까지 많을 줄이야. 이럴 줄 알았으면 성직자라도 하나 데리고 오는 건데…….'

아르덴은 자신의 실력을 너무 자신한 나머지 아무런 지원도 없이 퀘스트만 받고 나온 것이 후회됐다.

'그나마 이렇게 버티고 있는 건 저 가디언과 소환수 덕분인가?'

방패를 든 가디언은 생각보다 방패의 숙련도가 훨씬 높은 것인지, 효율적으로 몬스터들을 밀쳐 내며 모든 공격을 방어하고 있고, 제로의 소환수인 펭귄은 의외로 직접 전투하는 파였는지 어디서 주워 온 뼈다귀 두 개를 마구 휘두르며 좀비의 썩은 몸뚱이를 으깨고 있었다.

'그러고 보니 제로는?'

잘 싸워주고 있긴 하지만 이들의 주인인 제로가 죽게 된다면 소환수고 가디언이고 모두 없어질 테니 미리부터 보호하는 게 중요했다.

퍼걱!

품에서 꺼낸 비수로 좀비 한 마리의 머리를 부숴 버린 아르덴은 파티의 후방에서 멍하니 하늘을 보고 서 있는 제로를 보며 외쳤다.

"제로 님!"

"……."

'반응하지 않아… 명상 같은 걸 하고 있는 걸까?'

설마하니 이런 상황에서 딴짓, 딴생각을 하다 저 혼자 울적해져서 하늘을 보며 청승 떨고 있다고는 생각 할 수 없는 아르덴으로선, 장시간 소환수를 유지하기 위해 명상에 집중하고 있는 것으로밖엔 보이지 않았다.

'마법사 계열 캐릭터를 명상 중에 자극하는 건 안 좋은데…….'

다행인지 불행인지 아직은 조금이나마 싸움에 여유도 있고 제로가 있는 후방은 몬스터가 전혀 보이지 않지만, 이런 소모전으로 간다면 체력적으로 한계가 있는 살아 있는 사람 쪽이 불리한 것은 당연지사. 이 상황을 타개할 어떤 획기적인 해결책이 필요했다.

그때.

구구구구구—

"영웅의 안식을 방해하는 것은… 누구인가…….."

"젠장! 설마 이건?"

언제부터였을까, 공동묘지의 한복판, 일행의 뒤편으로 언데드의 검은 사기(邪氣)가 모이기 시작한 것은.

"오빠! 이건……!"

파각!

엘로아 역시도 이상한 낌새를 눈치챘는지 자신 앞에 있던 스켈레톤의 허리를 단검으로 부러뜨리며 자신의 오빠를 찾았지만, 그녀의 믿음직한 오빠도 이 순간만큼은 어쩔 수가 없었다.

슈오오오오옥—!

"영웅의… 안식을 방해하는 것은… 누구인가……!"

한결 커진 목소리와 함께 공동묘지의 구석에 모여들던 사기가 급속도로 한 점을 이루며 팽창해 나갔고, 이내 조금 전보다 훨씬 또렷한 목소리가 울려 퍼졌다.

"이 몸이 물었다! 영웅의 안식을 방해하는 것이 누구냐고 말이다!"

쿠과과과광!

맹렬하게 회전하는 사기의 소용돌이가 팽창해 나가던 또 다른 사기의 덩어리를 감싸 안은 순간, 갈라진 땅바닥 속에서 불쑥 몸을 일으킨 장대한 체구의 몬스터가 바닥에서 제 키만 한 거대한 철퇴를 꺼내 바닥을 쿵, 찍으며 외쳤다.

쿠우웅— 쩌저저적!

"묻겠다! 영웅의 안식을 방해하는 네놈들은… 죽음을 받아들일 준비가 되었느냐!"

철퇴가 깊게 바닥을 파고들며 주변에 거대한 충격파를 전하자, 그 자리로부터 반경 수미터가량의 바닥이 거미줄처럼 갈라져 나갔다.

그리고 이를 보던 아르덴이 작게 중얼거렸다.

"언데드의 정점… 데스 나이트……!"

온몸에 넘실거리는 사기의 잔영, 새카만 광택이 흐르는 두터운 철갑, 그리고 검붉은 안광이 흐르는 거대한 뿔이 달린 투구까지… 언데드 기사의 최종 형태인 데스 나이트의 전형적인 모습이었다.

"게다가… 네임드라니……."

데스 나이트의 머리 위로 떠오른 새빨간 이름이 아르덴의 눈에 아프게 박혀 들어왔다.

〔Lv. 290 잔혹의 라모스〕

수백 년 전, 강력한 몬스터의 창궐을 막은 장군이지만, 그가 사용한 잔혹한 수법 탓에 잔혹무비한 냉혈한이라 더욱 잘 알려진 인물 라모스. 그의 망령이 그가 희생시킨 사람들의 시체를 안치한 공동묘지에 강림한 것이다.

'이건… 승산이 없다.'

아르덴은 잘 알고 있었다.

데스 나이트라는 존재가 얼마나 강력한지.

특별한 이름을 달고 있는 네임드 몬스터가 얼마나 강력한지.

그리고… 이 모든 걸 다 갖춘 보스 몬스터가 얼마나 위험할지도 말이다.

"이렇게 되면 도망을……."

하지만 어떻게?

지금 파티가 전진하던 방향은 얼마나 더 길이 이어져 있을지 모르는 곳이고, 지금껏 진행해 온 길에는 보스 몬스터가 가로막고 서 있다.

어느 쪽이든 살아날 가능성은 희박한 상황.

아르덴은 도박을 하는 수밖에 없었다.

'그래… 아무리 대단한 보스 몬스터라고 한들… 몸은 하나… 만약 주의를 좀 돌릴 수만 있다면…….'

그렇다면 일행 중 한두 명은 살려 보낼 수 있을 터였다.

그리고 그건 당연히 제로와 엘로아여야 했다.

엘로아야 자신의 여동생이기에 전력을 다해서 도망치게 할 생각을 처음부터 하고 있었고, 어차피 저 괴물 같은 몬스터를 상대로 시간을 벌 수 있는 건 자신뿐임을 잘 알고 있기에 멀리서도 소환수로 서포트가 가능한 제로를 도망치게 할 생각이었다.

'그렇다면… 일단은 제로의 소환수와 가디언을 최대한 활용해서……..'

제로에겐 미안하지만 어차피 소환수와 가디언은 새로 소환하고 부활시키면 되는 일이니 가장 효율적으로 사용하는 게 좋다고 생각하여 곧장 제로에게 명령을 부탁하고자 그를 불렀다.

하지만…….

"아, 안 돼!"

척척척!

여전히 명상에 빠져 있는 제로의 뒤로 파티의 배후에서 나타났던 라모스가 성큼성큼 다가서고 있는 것이 보였다.

만약 제로가 이대로 죽어버린다면 소환수도, 가디언도 자동으로 사라지니 홀로 남은 자신에게 불리해질 것은 빤한 일. 어떻게든 그를 구해야만 했다.

"피니시 무브!"

파아앗!

아르덴의 외침과 함께 그의 몸에서 뿜어져 나온 기세가 주변의 반경 10여 미터 공간이 묵직한 공기로 들어찼다.

이 공격의 위험을 느낀 것인지, 아니면 단순히 이질감 때문인지 알 수 없지만 라모스 역시 제로의 바로 뒤에서 멈춰 섰고, 이를 확인한 아르덴이 중얼거렸다.

"월영기(月影技)……."

사르륵—

두 음절의 단어와 함께 기척도 없이 공기 중에 녹아든 아르덴의 나머지 말은 라모스의 배후에서 들려왔다.

"…문 워커."

츄슈슛!

말 그대로 진공의 우주 공간인 달 속에서 걷는 듯 아무런 소리도, 아무런 흔적도 없이 녹아내리듯 사라졌다 나타난 아르덴의 손이 라모스의 목 뒤, 갑옷의 틈새를 파고들었다.

크어어어엉!

"…먹혔다!"

본래 언데드들은 녀석들의 몸을 구성하는 핵을 제외하고는 급소라는 개념이 없어, 어느 곳을 타격해도 같은 대미지가 들어간다.

하지만 데스 나이트와 같이 외부에 갑옷을 두르고 내부에 사기를 채워 몸체를 대신하는 종류는 예외적으로 갑옷 내부를 타격했을 때, 실제 몸에 직접 피해를 준 것처럼 더욱 강력한 공격을 할 수 있도록 되어 있었다. 아르덴은 기습적으로 자신의 최강 스킬인 피니시 무브를 발동시켜 이를 성공시킨 것이었다.

'하지만… 두 번은 없겠지.'

고통에 울부짖는 라모스를 보며 뒤로 물러선 아르덴. 피니시무브의 반동으로 온몸을 늘어뜨린 와중에도 몸부림치는 라모스를 예의주시하고 있었다.

혹여나 라모스가 광분해서 날뛰게 될 경우, 하나 남은 피니시무브를 발동할 생각이었기 때문이다.

그러나…….

크륵… 크르르륵!

고통에 몸부림치던 라모스는 가래 끓는 듯한 기묘한 괴음과 함께 이내 다시 처음의 모습으로 돌아왔다.

"쳇! 역시 한 방으론 무리인가?"

자신이 아는 가장 강한 기사조차도 문 워커에 정통으로 당하면 한 방에 죽는다는 것을 알고 있기에 내심 약간의 기대를 하고 있던 아르덴은 멀쩡한 움직임을 보이는 라모스를 보며 혀를 찼다. 그와 동시에 기겁하고야 말았다.

"제로!"

그토록 큰 대미지를 줬으니 당연히도 아르덴 자신에게 어그로가 몰릴 것이라 생각했던 것과 달리, 라모스는 가장 가까이에 무방비로 서 있는 제로를 향해 다시 한 번 다가갔고, 문 워커와는 성질이 다른 나머지 기술로는 제로를 구할 방법이 없음을 깨달았기 때문이다.

'처음 타격을 하자마자 명상이 끊기더라도 일단 도망치게 했어야 하는데……!'

혹시나 하는 마음에 안일한 행동을 했던 아르덴의 실수였다.

스으윽―

라모스의 손이 멍하니 선 제로의 머리를 향해 뻗어 나가고, 그를 지켜보던 아르덴이 비통한 외침을 내뱉었다.

"안 돼애애!"

"주인!"

처절한 외침이 지나간 자리, 그 뒤로 곧장 다른 목소리가 뒤따랐다.

"주인! 혼자 땡땡이 치지 마라!"

싸움터에서 뒤뚱뒤뚱 뛰어나와 제 주인을 향해 고함치는 엠페러는 순간 누가 주인이고 소환수인지 알 수 없을 지경이었지만, 그 효과만은 확실했다.

부웅―

"으응? 땡땡이라니! 누가 논다고 그래?!"

쿠당탕타당!

라모스가 바닥에 널브러졌다.

엠페러의 추궁하는 듯한 목소리에 정신을 차린 나는, 뒤편에서 느껴지는 기척에 재빨리 몬스터의 손목을 잡고, 발목을 깊게 걷어차 그 반동으로 몬스터를 집어 던지며 말했다.

터억— 퍽!

부웅— 쿠당탕탕탕!

"땡, 땡땡이라니! 누가 논다고 그래? 응? 이거 봐, 이거! 이렇게 열심히 싸우잖아!"

푹푹푹푹푹푹푹—!

말하는 사이사이 품에서 꺼내 든 금빛 엄니로 바닥에 눕혀놓은 몬스터의 가슴이며 목을 마구잡이로 찔러 대던 나는 언데드 주제에 갑옷을 입어 칼이 잘 안 박히는 것에 눈살을 찌푸렸다가, 이내 다시 환하게 웃으며 엠페러에게 말했다.

"자, 봤지? 나 열심히 한다니까?"

부웅—!

사악—

바닥에 누워 있는 주제에 주먹질을 하며 저항하는 놈의 손을 가볍게 피해주고 녀석의 뻗은 팔에 마찬가지로 금빛 엄니를 박아준 나는, 여전히 의심스러운 눈초리를 하고 있는 엠페러를 보며 최대한 열심히 싸우는 모습을 연출했다.

쑤우웅—!

때마침 뻗어진 내 머리를 잡아오는 팔을 고개를 들어 올리는 것으로 피한 나는, 곧장 몬스터의 힘을 역이용해 손목을 잡아 누르며 다시 한 번 녀석의 몸에 잔뜩 구멍을 내주었다.

푹푹푹푹푹푹푹푹푹.

그러나 재생 능력이 탁월한 녀석인지, 녀석의 갑옷은 아무리 찔러 대도 구멍이 났다가 금방 사라져 버렸고, 그게 내 신경을 거슬리게 하고 있었다.

"아, 진짜! 잡몹 하나가 이렇게 안 죽으면 안 싸우고 있는 거 같잖아! 죽어라, 솜! 죽어!"

사실 스킬도 없이 체술만으로 몬스터를 제압하고 마구잡이고 칼집을 내고 있는 상황이니 잘 안 죽는 게 당연하긴 하지만, 인간이었으면 이미 죽고도 남았을 녀석이 귀찮게 날뛰니 짜증이 날 수밖에 없었다.

"야! 내가 배운 무술은 너 같은 애한테 쓰려고 배운 게 아니야, 인마!"

부웅— 슈욱!

푹푹푹푹푹—

언데드 몬스터답게 맷집이 좋아선지 끝도 없이 팔을 휘두르며 저항하는 녀석을 손목이며 팔목 등, 관절의 구동 한계 위치에 숨어서 열심히 구멍을 내던 나는, 문득 이상한 시선을 느끼고 고개를 들었다.

쩌억―

"응? 왜 그러세요, 아르덴 님? 아, 피곤하신가? 하긴 시간이 좀 늦긴 했죠?"

나를 보며 쩌억 입을 벌리고 선 아르덴과 조금 떨어진 곳에서 마찬가지의 표정으로 나를 쳐다보는 엘로아를 보며 아마 시간이 시간이다 보니 잠이 오는가 싶어 조금이라도 바닥에 누운 녀석을 빨리 끝낼 생각으로 녀석의 정수리에 금빛 엄니를 박아 넣었다.

아니, 박아 넣고자 했다.

카앙―!

"읏……!"

강력한 반탄력에 하마터면 무기를 놓칠 뻔한 나는 재빨리 일어나는 것으로 금빛 엄니를 막아선 무언가를 피해 물러섰고, 곧 녀석의 머리 부근을 막은 둥그런 철퇴를 볼 수 있었다.

"생긴 것처럼 더럽게 무식한 걸로 들고 다니네……."

"너놈……!"

"으잉? 말도 하잖아?"

나는 언데드 몬스터 주제에 말은 물론, 무기와 갑옷까지 꽤 잘 차려입은 녀석을 보며 그제야 녀석이 일반 몬스터가 아님을 알아차릴 수 있었다.

그리고 아르덴과 엘로아의 시선의 의미도 어느 정도 파악할
수 있었다.

"아, 그게 말이죠… 이게 어떻게 된 거냐면……."

뭐라고 변명을 해야 할까, 횡설수설 금빛 엄니를 휘두르며 말
을 하던 나는 때마침 내 머리를 향해 쏟아지는 철퇴를 보며 짜
증스런 어조로 말했다.

"야, 인마! 말하고 있잖아!"

슈우욱!

어차피 막을 수 있는 공격이 아니기에, 가볍게 몸을 숙이는
것으로 철퇴를 피한 나는 반동을 이용해 다시 한 번 철퇴를 뛰
어넘으며 녀석의 뿔을 잡고 올라섰다.

"흥! 여기도 한 번 휘둘러 보시지!"

푹푹푹푹!

공격 반경이 길고, 무거운 철퇴로는 절대로 머리에 있는 나를
공격할 수 없으리라는 생각에서 나온 전략이었다.

그리고 이 전략은 정말이지 딱 맞아떨어져서, 녀석은 나를 철
퇴로 공격하지 못했다.

그래… 철퇴로는…….

쿠우웅!

쩌저저저저적!

"어, 어어어어?"

녀석이 그 거대한 철퇴로 바닥을 내리찍자, 순식간에 번져 나간 충격파가 나는 물론 주변을 뒤덮으며 허공에 흙과 돌 따위를 잔뜩 퍼 올렸다.

"푸에에엡! 펫펫!"

그 덕분에 얼굴에 난 모든 구멍들로 묘지의 흙을 시식하는, 흔치 않은 기회를 맛보게 된 내가 입으로 흙을 뱉던 중 입에서 느껴지는 흙과는 다른 이물감에 불쑥 그것을 입 밖으로 꺼냈다가… 순간 이성이 끊기고야 말았다.

"카아아악! 퉤! 이게 근데……!"

누가 봐도 뼈라고밖에는 안 보이는 허연 물체가 입 밖에서 뿜어져 나가며 라모스의 머리를 향해 날아갔다.

〔피니시 무브를 사용하시겠습니까?〕

리버스 라이프의 시스템이 뛰어난 것일까, 아니면 우연의 일치일까? 충격파로 인해 수많은 잔해들과 함께 허공에 떠오른 나는 때마침 나타난 메시지에 눈을 빛내며 말했다.

"너 인마, 죽었어."

〔피니시 무브 ― 천지개벽을 실행합니다.〕

땡그랑!·

파아아앗!

내가 뱉은 뼈다귀가 라모스의 투구를 때릴 무렵, 허공중에 어두운 공동묘지를 밝히는 새하얀 불빛이 번져 나갔다.

음침하고 어두운 곳을 밝혀 나가는 그 빛의 시작은 너무도 작았지만, 어느새 지성이 없는 언데드들은 물론, 그들과 싸우고 있던 이들까지 모두 싸움을 멈추고 그 모습을 바라봤다.

파파파바박!

허공중에서 터져 나오는 격렬한 타격음 속에 작은 흙더미 같은 것이 비산했지만, 그 누구도 그 빛무리로부터 눈을 돌리지 않았다. 그들 눈앞에 나타난 빛무리를 보는 데 있어 그만한 방해는 당연하다는 듯한 반응이었다.

그들의 관심 덕분인지, 처음에는 그리 크지 않던 작은 불빛이 어느새 잔해들 사이를 누비며 거대한 빛의 행진으로 바뀌어 있었고, 그 장대한 모습에 모두의 시야가 백광으로 물들 때 즈음이 되자, 그 빛은 라모스와 공동묘지 일부를 집어삼키는 거대한 빛의 군집이 되어 있었다.

피슈우웅!

그리고… 마침내 빛무리로부터 솟구친 빛줄기 하나가 마치 타오르며 쏘아져 나간 폭죽처럼 긴 호선을 그리며 하늘에 기다란 궤적을 남겼다.

하지만 그것은 폭죽이 아닌바, 하늘로 떠오른 빛줄기는 자신이 폭죽과 다른 점을 직접 표현했다. 바로 땅으로 떨어져 내리는 것을 통해서 말이다.

투콰—콰과과과과콰광!

새하얀 빛이 지상에 내리자…… 천지가 개벽했다.

Chapter 7

엄뻬러와 마술모자

압도적.

제로와 라모스의 싸움을 지켜본 아르덴은 그렇게밖엔 표현할 수가 없었다.

농락하듯 라모스의 몸을 타고 올라 마음껏 공격을 가하고, 대지를 폭발시키는 공격을 몸으로 받아내며 단숨에 정수리에 칼을 박아버리는 그것은… 어쩌면 라모스라는 몬스터에 대한 가장 완벽한 공략법이 아닐까 싶을 만큼 현란했다.

그래서 제로의 피니시 무브가 적중하는 순간, 아르덴은 확신했다.

이 싸움은 이겼다고.

그리고 제로 역시 생각했다.

'아놔, 딴생각하다 망했네.'

…라고.

기껏 직업도 안 보여주고, 싸울 때도 후방으로 빠지고, 혹시라도 직업에 대한 질문이 나오지 않도록 열심히 했건만… 결국 이렇게 되어버렸다.

'뒤쪽이 좀 시끄럽다고는 생각했지만, 설마 네임드 몬스터였다니.'

네임드 몬스터.

말 그대로 고유의 이름을 가진 몬스터로, 등장하는 필드나 시기 등에 따라 그와 연관된 연고를 가진 특별한 몬스터를 이르는 말이었다.

물론 이 잔혹의 라모스 같은 경우에는 지역적, 역사적 연고를 동시에 가지며 이 필드의 보스이기도 했지만……

'하지만… 설마 이런 녀석도 못 잡을 거라곤 생각 못했단 말이지.'

네임드에 보스라는 강함의 조건을 두루 갖춘 녀석이지만, 솔직히 말하자면 나에게 있어 굉장히 쉬운 상대였다.

기본적으로 보통의 싸움이 가능한 인간형 몬스터였고, 갑옷을 입은 탓인지 몸의 움직임이 둔한 편이었으며, 결정적으로 이 잔혹의 라모스는……

'내가 모션을 만든 놈이란 거지……'

사실상 머릿속에 공략법이 몽땅 들어 있는 상태로 싸우는 것이었으니… 지려야 질 수도 없었다.

물론 내가 자연스레 라모스를 공격할 수 있던 것은 내가 녀석의 공략을 알고 있는 것보다 몬스터가 인간형이라는 이유가 컸다.

인간이라면 누구나 스스로의 약점을 알기 마련이고, 리버스 라이프의 인간형 몬스터들은 이러한 한계에서 벗어나지 않았다. 굳이 따지자면 내가 알고 있는 라모스에 대한 공략 외에도 어느 정도 센스가 있고, 운동신경이 있는 사람이라면 라모스 정도의 인간형 몬스터는 얼마든지 공략이 가능하다는 얘기였다.

그렇기에 나를 소환사라 알고 있는 아르덴 남매 앞에서도 당당히 실전 무술인 크라브 마가를 활용한 동작으로 라모스를 제압했던 것이다.

그 정도야 누구나 다 할 수 있는 것이라고 생각했으니 말이다.

'하지만… 저 반응을 보면 그런 건 아닌 거 같지?'

쩌—억.

여전히 커다랗게 입을 벌리고선 나를 쳐다보고 있는 아르덴의 모습은 이미 제정신이 아닌 듯싶었다. 게임에 대한 상식이 모자랄 뿐, 눈치가 모자란 게 아닌 내가 그 반응의 의미를 모를 리가 없었다.

'젠장, 누가 겨우 이 정도도 못할 거라고 생각이나 했겠냐고!'

물론 크라브 마가 같은 무술을 익힌 사람이 흔한 것은 아니었다. 거기에 인간의 약점을 쉽게 공략할 수 있을 만큼 센스 있는 사람이 많지 않다는 것도 잘 알고 있었다.

하지만… 이곳은 게임이지 않던가.

레벨업으로 쌓인 스텟에 힘입어 맨손으로 바위를 동강 내고, 달리기 세계기록을 갈아 치우며, 스킬이란 이름하에 자연법칙을 무시하는 기적을 행하는 곳이었다.

이런 둔한 움직임의 몬스터 정도는 마음만 먹으면 스텟발로 내리누르는 것이 가능하다는 의미였다.

그러나 현실은 내 생각과 달랐다.

몬스터와의 싸움은 얼마나 강력한 스킬을 지니고 있느냐의 싸움이지, 얼마나 센스가 있고 무술에 익숙하냐는 것이 아니었다.

나는 가진바 능력을 최대한 활용하여 싸우는 것이 게임의 방법이라 인식했지만, 보통의 유저들은 자신들이 가진 스킬을 가장 효율적으로 퍼붓는 것을 게임의 방법이라 인식하고 있었다.

나에게 있어 스탯은 내 신체 본연의 능력 상승이지만, 다른 이들에겐 스킬의 공격력을 증가시켜 주는 수치에 불과했다.

그러다 보니 이런 인식의 차이가 모여 평범한 유저들은 생각할 수도 없는 싸움 방식을 만들어냈고, 그 결과 100레벨 유저가 290레벨 네임드 보스 몬스터를 가지고 노는 모습을 보여주며 남매의 턱관절 장애에 일조하게 되었다.

'하, 이걸 뭐라고 변명해야 하나……'

어쨌거나 일은 벌어졌고, 열 받은 김에 피니시 무브까지 선보이고야 말았다.

물론 손에 든 것이 펭귄 소드가 아니라 단검인 금빛 엄니인지라 제대로 된 형태가 아니긴 했지만, 피니시 무브랑 무기는 별 상관이 없는 것인지 의외로 강력한 위력을 뿜냈다.

다만, 무기의 광채 때문인지 생각보다 더 화려했을 뿐.

'흠, 그럼 펭귄 소드라도 어떻게든 잘 숨겨야겠네.'

지금까지의 모습만도 이미 소환사라고 보기엔 충분히 수상하지만, 그래도 펭귄을 칼처럼 들고 휘두르는 모습을 보이는 것보다는 나을 터였다.

그렇게 펭귄 소드를 숨길 것을 다짐하며 고개를 주억거리는 그때, 뒤뚱뒤뚱 걸어온 엠페러가 어쩐지 뚱한 표정을 지으며 처억, 다리를 내밀었다.

"…응?"

그 행동의 의미를 이해하지 못했다는 의사 표현으로 내가 느리게 반문하자, 엠페러가 삐죽한 부리를 조금 더 삐죽거리며 말했다.

"잡아라, 주인."

"…왜?"

평소에 뱃살 밑에 아슬아슬하게 가려 잘 보이지도 않는 발목까지 내밀며 말하는 것을 보아하니, 펭귄 소드를 사용하라는 말인 것 같은데… 나는 방금 다른 사람 앞에서 펭귄 소드를 사용하지 않으리라 다짐한 참이었다.

아니, 그보다 의미를… 이유를 알 수 없달까, 지금 펭귄 소드가 왜 필요하단 말인가.

내가 눈빛을 통해 그런 의미를 담은 질문을 던지자, 엠페러는 말이 필요 없다는 듯 날개 한쪽을 들어 아직도 먼지가 폴폴 올라오고 있는 곳을 가리켰다.

척!

"그러니까 그게 무슨… 응? 저건?"

여전히 의미를 알 수 없다며 반문하려던 나는, 문득 먼지 구름 속에서 무언가 움직이고 있는 것을 포착할 수 있었다.

꿈틀—

'설마……'

처음엔 작은 꿈틀거림이었지만, 곧 흘러나오던 먼지가 도로 빨려 들어갈 만큼 커다란 움직임이 되었고, 다시 얼마 지나지 않아 먼지 구덩이 속에서 강력한 돌풍이 몰아치기 시작했다.

푸화화확—!

"말도 안 돼! 천지개벽을 정통으로 머리에 꽂았는데……"

내 피니시 무브인 천지개벽은 조합된 스킬이 몇 가지 없긴 하지만, 까다로운 스킬 발동의 조건만 충족이 되면 정말로 이름과 어울리는 위력이 나오는 특별한 스킬이었다.

그 위력이 얼마나 강력한가 하면, 심지어 피니시 무브로 등록되기 전 펼쳤을 때는 스킬로서의 공격력 증가 효과를 받지 못하고 있음에도 거대 괴수 보스 두 마리를 일격에 처리한 전력이 있는, 어마어마한 스킬이었다.

그런데 그런 엄청난 공격력의 스킬로 겨우 저만한 인간형 몬스터를 단숨에 해치우지 못했다?

무언가 잘못 됐다라고밖에는 할 말이 없었다.

철컥! 철컥! 철컥!

모래 먼지의 폭풍을 뚫고 앞으로 걸어 나오는 라모스의 발걸음 소리가 굉장히 무겁게만 느껴졌다.

'이래서… 네임드 보스라는 건가?'

저번에 잡은 금모원왕이나 지하악왕은 워낙 경황이 없던 중이라 네임드 보스인지 어쨌는지 확인조차 못했지만, 그 둘을 단숨에 잡아낸 스킬을 정통으로 맞고도 걸어 나오는 라모스를 보면 그들은 일반 보스 몬스터가 아니었을까 의심이 들었다.

철컥! 철컥… 쿵!

그리고 마침내 모습을 드러낸 라모스가 손에 쥔 철퇴로 바닥을 쿵! 찍었을 때, 나는… 아니, 우리는 그 모습에 경악해야만 했다.

반밖에 남지 않은 머리에 금빛 단검을 꽂고, 사라진 머리 부위에서 검은 연기를 줄기줄기 흘려내는 모습은 그야말로 그로테스크, 그 자체였으니 말이다.

물론 녀석의 모습을 보자마자 엠페러와 눈을 마주친 나는 의미가 조금 달랐지만……

'저런 꼴을 하고도 살아 있다는 건 확실히 놀랍긴 하지만… 그보다 문제는 무기였던 건가?'

라모스의 머리에 꽂혀 있는 금빛 엄니와 팔짱을 끼고 '흥! 저런 걸 쓰니까 그렇지!' 하고 콧방귀를 뀌고 있는 엠페러를 보며 나는 문제를 확실히 인지했다.

천지개벽은 분명 강력하고 위력적인 기술임에는 틀림없었지만… 그것만으로 레벨의 간극을 초월하기엔 너무도 어려운 바가 있었다.

아무리 강력한 스킬이라고 해도 100레벨의 피니시 무브. 290레벨의 네임드 보스 몬스터를 일격에 잡을 수 있을 정도의 위력은 안 되는 것이었다.

그래서 필요한 것이 바로…….

"펭귄 소드……."

모든 레벨과 적의 방어력을 무시하고 파고드는 사상 최강의 명검. 내 천지개벽은 펭귄 소드를 들어야 비로소 완성되는 것이었다.

내가 슬쩍 고개를 돌려 엠페러의 눈치를 살폈다.

"저기……."

휙!

자신을 두고도 저런 단검을 사용한 것이 못마땅한 것일까?

마치 여자 친구가 있음에도 컴퓨터에 야동이 있음을 발견한 여자 친구처럼 쌀쌀맞게 돌아서는 엠페러였다.

물론 여자 친구는 있어본 적 없지만…….

'일단 달래야겠지?'

여전히 펭귄 소드 사용에 대해서는 망설여졌지만, 어쨌거나 엠페러가 삐친 상태라면 정작 정말 필요한 순간에 사용할 수 없을지도 모르는 일이니, 일단 최대한 엠페러를 달래는 게 중요했다.

"저기, 엠페러……."

"뭐냐, 주인?"

퉁명스럽기만 한 엠페러의 대답에 나는 최대한 부드러운 목소리로 엠페러를 불렀다.

"엠페러. 그 뭐냐… 되게 피곤하지 않아? 응? 발목 안마 받을까?"

"펭귄의 다리는 그렇게 약하지 않다, 주인."

대놓고 다리 좀 잡아도 되냐고 묻는 내 말에 확실한 거절 의사를 보이는 엠페러를 보며 나는 살면서 단 한 번도 마주해 본 적 없는 이 상황의 타개책을 찾아야만 했다.

'까탈스러운 여자 친구가 삐쳤을 때는 어떻게 해야 하는가!'

그야말로 초록색 이웃집 검색창이 절실한 상황이지만, 나에게 주어진 것은 내 몸뚱이뿐. 지금부터 인터넷 검색을 한다고 해도 거기에 적혀 있을 기다란 답변을 읽고 있을 시간은 없었다.

"엠페러~ 우리 이따가 맛있는 거 먹으러 갈까? 많이 움직였으니 배고프지?"

"주인, 펭귄은 알을 품을 때 몇 주 동안 먹지 않고도 살 수 있다."

'조금 아까 배고프다고 민폐 끼친 게 누군데!'

분명 아까 배부르게 먹은 덕분에 할 수 있는 게 분명한 대답이었기에 순간 울컥, 화를 낼 뻔했지만… 나는 필사의 인내로 참아냈다.

"그럼… 뭔가 갖고 싶은 것은 없을까? 응? 내가 다 사 줄게."

잘 올라가지 않는 입 끝을 최대한 말아 올리며 미소 지은 나는 내가 생각할 수 있는 최대의 패를 던졌다.

'남녀노소를 불문하고 사람이라면 선물을 좋아하는 것은 당연지사! 그 물건의 가치가 화를 상쇄할 만큼이라면 삐친 여자친구를 달래는 데도 안성맞춤! 자… 어떠냐?'

상대가 사람이 아니라 펭귄이라는 점만 제외하면 문제가 없는, 완벽한 나의 계획이었다.

물론 엠페러가 원하는 것을 무조건 사 줄 수 있을지도 미지수이긴 했지만… 원래 구두 약속의 법적 효력은 증거나 증인이 충분하지 않으면 입증하기 힘든 법이지 않던가.

그리고 이런 내 말을 들은 엠페러가 날카롭게 눈을 빛내며 물었다.

씨악—

"갖고 싶은 거?"

'물었다!'

펭귄이 미끼를 물었음에 속으로 시커먼 웃음을 지어 보인 내가 시원하게 대답했다.

"그래! 갖고 싶은 거!"

반짝!

"뭐든?"

"뭐든!"

초롱초롱!

"정말로?!"

"그래!"

폴짝— 덥석!

"주인! 싸우러 가자!"

말을 할 때마다 한 단계씩 강해지던 눈빛이 초롱초롱의 끝에 이르자, 엠페러가 먼저 나한테 날아와 가슴팍에 안겼다.

"하하하! 너무 급할 필요는 없단다, 엠페러!"

"후후후! 빨리 돌아갔으면 좋겠다, 주인!"

마치 청춘 드라마의 한 장면처럼 나와 엠페러가 서로 끌어안고 빙글빙글 도는 사이, 내 뒤편에선⋯⋯.

"으아아악! 제로 님! 제로 니이이이임!"

콰광! 투콰콰콰광!

사람 하나가 마구잡이로 날아오는 철퇴를 피하며 서커스를 펼치고 있었다.

"자, 그럼……."

'슬슬 해볼까?'

나는 반쪽뿐인 머리 탓인지 처음과 달리 무차별적으로 철퇴를 휘두르는 라모스를 보면서 입맛을 다셨다.

어차피 펭귄 소드는 보험일 뿐, 되도록 다른 사람에게 보여주기 싫기 때문에 할 수만 있다면 어떻게든 다른 방법으로 라모스를 처리하고 싶었다.

"그렇다면 일단 저게 필요하겠지?"

반짝.

반만 남은 라모스의 머리를 관통하여 정확히 가운데 박혀 있는 금빛 엄니는 그토록 많은 흙먼지를 뒤집어썼음에도 라모스의 새로운 뿔이라도 되는 양 금빛의 광채를 흩뿌리고 있었다.

'일단 라모스를 유인해서 뒤쪽으로 다가서는 게 중요하겠군.'

반파된 머리로 자유롭게 움직이는 것을 보면 형태만 인간일 뿐, 영락없는 괴물이라는 생각에 뒤쪽으로 움직인다 해도 녀석의 인식 범위를 벗어나진 못할 것 같았지만, 앞서 말했던 것처럼 형태가 인간인 이상, 몸의 가용 범위에는 한계가 있을 수밖에 없었다.

아무리 유연한 신체라고 한들 저런 갑옷에 철퇴를 든 손으로 뒤쪽에 선 적을 자유자재로 공격하기란 요원한 일일 테니, 금빛 엄니를 되찾으려면 뒤편에서 노리는 게 확실했다.

'일단 아르덴이 시간을 벌어주고 있긴 한데……'

여태까지 보여주던 차분한 모습은 어디 갔는지, 그저 꽥꽥 소리를 지르며 도망치는 것뿐이지만, 그것만으로도 도움은 되고 있다.

덕분에 엠페러가 삐친 것도 풀어줄 수 있지 않았던가.

'물론 지금 상황에선 조금 곤란하지만……'

200레벨이 넘는 암살자 클래스답게 라모스의 공격 중 어느 것 하나 맞지 않고 미꾸라지처럼 잘 피해 다니는 아르덴이지만, 너무 빨빨거리며 돌아다니는 탓에 금빛 엄니를 되찾을 타이밍이 마땅치 않았다.

'되도록 한자리에 가만히 있는 쪽이 더 좋은데……'

머리의 금빛 엄니를 회수하기 위해 라모스의 발을 묶어둘 방법이 없을까 잠시 고민하던 나는, 문득 한참 동안을 소외 받고 있던 존재를 떠올렸다.

"맞아! 벨라!"

"…응?"

때마침 내 목소리를 들은 것인지, 앞에 선 몬스터 떼를 방패 하나로 완벽하게 막고 있던 벨라는 고개까지 돌려 보이며 답했다.

"왜 불렀어?"

아까까지만 해도 좀비니 스켈레톤, 구울 따위가 징그럽다며 꺅꺅거리던 것에 비해 장족의 발전을 보이는 벨라의 모습을 보며, 나는 확실한 가능성을 발견한 듯 말했다.

"지금부터 몬스터 한 마리 더 추가될 거야! 시간 좀 끌어줘."

"에에~?"

얼굴이 보이지 않는 새하얀 로브지만, 그럼에도 불구하고 벨라가 어떤 표정을 짓고 있을지 훤히 보이는 기분에 어쩐지 좀 미안한 마음이 들었다.

나와 엠페러가 여유를 부리고, 아르덴 남매가 놀란 표정으로 멍 때리는 동안 내 명령 때문에 몬스터를 죽이지도 못하고 버티고만 서 있던 벨라가 아니던가.

그런 와중에 도와주지는 못할망정 이번엔 보스 몬스터를 더하겠다니… 벨라의 표정이야 불 보듯 뻔했다.

'그렇다고 안 할 수는 없으니까… 벨라는 조금 이따가 위로하기로 하고……'

"아르덴 님! 저쪽! 벨라 쪽으로 유인하세요!"

"예? 아, 넵!"

어쩐지 내 목소리에 빠릿빠릿하게 반응하는 아르덴은 쿵쾅쿵쾅, 자신의 뒤를 쫓는 라모스를 데리고 언데드 몬스터들이 밀집해 있는 곳에 뛰어들었다.

우어어어―

쿠어어엉!

파아앗!

벨라의 방패에 막혀 전진하지 못하던 언데드들은 일시에 표적을 바꿔 아르덴을 향해 손을 뻗었지만, 민첩하거나 날렵하다 정도로는 표현하기 힘든 아르덴의 속도를 따라잡기엔 역부족이었다.

게다가…….

콰과과과광!!

꾸어엉!

키게에에엑!

아르덴을 잡기 위해 높이 뻗은 팔을 회수하기도 전, 목적은 같지만 결과적으로 그들의 팔을 향해 내려쳐진 철퇴와 맞닥뜨려야 했고, 묘지의 잡초마냥 우후죽순 솟아올랐던 팔들은 전부 짤막하게 토막 나 날아가 버렸다.

그러고는……

"끼에에엑!"

이리저리 불규칙적으로 튕겨 나가긴 했으나 대부분은 그들 정면에 있던 벨라에게 도착한, 토막 난 팔들의 모습에 벨라가 기괴한 비명을 지르며 방패를 휘두르기 시작했다.

"으아아앙! 이게 뭐야아앙! 싫어! 싫다고!"

"자, 잠깐! 벨라!"

부우웅! 퍼걱! 퍼걱! 퍼거거걱!

눈물까지 머금고 전심전력을 다해 휘두르는 벨라의 방패에 견딜 수 있는 언데드는… 이곳엔 단 한 마리도 존재하지 않았다.

단 한 마리도 말이다.

"끼야아이아이악!! 머리가 반밖에 없어어어엇!"

퍼걱!

"크어어어아아아악!"

"……."

"……."

"……."

푸스스슷… 땡그렁!

순식간에 먼지로 화해 버리는 라모스와 바닥에 떨어진 금빛 엄니, 그리고 바닥에 주저앉아 훌쩍이는 벨라. 마지막으로…….

꾸욱—

내 팔을 잡아당기며 '사 줄 거지?' 라는 눈빛으로 나를 올려 다보는 엠페러 사이에서… 우리는 한동안 말없이 서 있어야만 했다.

난생처음으로 해본 파티 사냥이 끝난 뒤.

우리 일행과 아르덴 남매는 내외라도 하는 것처럼 케이안 성 으로 돌아와 헤어질 때까지 아무런 말이 없었다. 그나마 헤어지 기 직전 했던 말도 지극히 간단명료했다.

"…죄송했습니다."

"……."

〔파티를 탈퇴하셨습니다.〕

라모스를 잡아 나온 전리품 보따리를 몽땅 내 품에 안기며 말 하는 아르덴에게 무엇이 죄송하냐고 붙잡아 묻고 싶었지만… 어쩐지 멍하기만 한 아르덴 남매의 모습에 차마 그들을 붙잡을 수가 없었다.

주홍빛으로 물들어가는 석양 속, 길어진 둘의 그림자가 말하지 못한 미련만큼이나 늘어져 사라지는 것을 지켜보며… 그렇게 우리는 헤어졌다.

"……."

"……."

"……."

석양 속으로 완전히 사라져 버린 아르덴 남매를 지켜보던 우리는 말없이 용병 길드로 향했다. 그러고는 아까 같은 소란을 피하고자 이번에는 나 혼자만 건물에 들어가 조용히 순서를 기다려 예의 그 공간에 들어섰다.

마치 전혀 시간이 흐르지 않은 것처럼 여전히 그 자리에 앉아 담뱃대를 물고 있는 꼬장꼬장한 노인이 기다리고 있었다.

"뭐야? 왜 벌써 왔어? 퀘스트 취소는 받은 시간을 기점으로 24시간이 지나야……."

텅!

촤락!

나는 라모스의 전리품 보따리와 출발 전에 받았던 퀘스트 두루마리를 둥근 탁자 위에 내려놓으며 말했다.

"다 했습니다."

"뭐? 그럴 리가……!"

벌떡!

내 말에 화들짝 놀란 노인이 두루마리를 집어 들어 마법으로 자동 카운트되는 퀘스트 진행 내용을 보고 내게 물었다.

"가짜…는 아니겠지?"

"그럴 리가요."

스스로도 가짜일 리 없다는 것을 아는지 자신 없는 말투로 묻는 노인이지만, 그럼에도 의심이 간다는 듯 두루마리를 불빛에 비춰 보기도 하고, 종이를 문질러 확인하기도 하며 꼼꼼하게 다시 한 번 살폈다.

"과, 과연… 정말로 그곳의 언데드들을 잡은 것이군… 그것도 87마리나!"

〔스켈레톤 처치 ― 일반 지정 의뢰〕

시간 : 무제한

보상 : 몬스터 한 마리당 추가 경험치 2,000, 보스 처치 시 추가 보상 획득

성공 조건 : 북부 공동묘지의 언데드 몬스터를 열 마리 이상 처치

실패 조건 : 퀘스트 포기

실패 페널티 : 없음

퀘스트 진행 상태(완료) : 좀비(20), 스켈레톤(17), 구울(49), 잔혹의 리모스(1) 처치

권장 레벨 : 200

끄덕.

내 앞에 불쑥 나타나는 시스템 창을 보며 작게 고개를 끄덕인 나는 놀랍다는 듯 두루마리를 쳐다보는 노인을 향해 말했다.

"추가 보상은 어떻게 되는 겁니까?"

"응? 추가 보상?"

내 말이 무슨 말인지 이해하지 못하겠다는 듯 되묻는 노인을 보며, 나는 들고 왔던 보따리를 풀어 내용물을 꺼냈다.

〔리모스의 철갑 각반〕

등급 : 역사 (착용 시 명성 +10,000)

내구도 : 450/450

방어력 : 150

마법 방어력 : 100

착용 제한 : 성(聖)속성 사용자 착용 불가

추가 옵션 : 힘 +20 / 암(暗)속성 저항 +50 / 흑마법 계열 공격력 강화 5%

설명 : 전설 속 진혹의 라모스가 실제 사용하던 철갑 각반. 강력한 어둠의 기운을 머금고 있어 어둠 속성 사용자의 능력을 강화하고, 하위 언데드 종 몬스터에게 위압감을 준다.

내가 얻은 아이템 중 최초로 등급이 정해져 있는 아이템이자, 라모스가 드롭한 것 중 가장 좋은 아이템이었다.

그러자 노인의 눈이 격동으로 떨렸다.

"서, 설마… 라모스를… 잡은 건가?"

끄덕.

촤라락!

그제야 두루마리의 내용을 다시 한 번 꼼꼼하게 훑어보던 노인은 내가 내놓은 각반을 들어 관찰하더니, 이내 털썩, 자리에 주저앉으며 말했다.

"허허… 설마 내 대에 이런 일이 가능한 녀석이 나타날 줄이야… 그것도……."

슬쩍.

뒷말을 줄이긴 했지만, 마지막에 나를 바라본 시선이 그가 하려고 했던 말이 무엇인지 알려주었다.

'아마도 겨우 100레벨짜리가…겠지.'

이제 와 생각하기엔 좀 늦은 것 같지만, 확실히 100레벨이 290레벨의 네임드 보스 몬스터를 그렇게 손쉽게 상대했다는 것은 누가 봐도 이상한 일이긴 했다.

나는 몬스터가 인간형인데다 둔한 편이니 누구라도 당연히 할 수 있다 여겼지만… 생각해 보니 레벨 290의 보스를 100레벨의 유저가 잡을 수 있도록 밸런스를 맞췄을 리가 없는 것이었다.

즉, 아르덴 남매의 반응이 지극히 정상이고, 내가 생각했던 것들이 지극히 비정상인 셈.

'게임이니까 이게 당연해' 라고 생각한 주제에 제일 게임답지 않게 플레이한 셈이니, 어쩐지 아르덴 남매에게 미안하고, 쪽팔리기도 했다.

"흐음… 으흐음……."

그사이, 내가 놓아둔 각반과 보따리 사이에서 나온 잡다한 전리품을 하나씩 확인해 보던 노인은 은근한 어조로 물었다.

"혼자… 퀘스트를 한 것은 아니겠지?"

"파티랑 함께 했습니다."

"흐흐… 역시 그렇겠지? 그래, 그 파티원은 둘이었고?"

"예."

내 대답에 무언가 짐작하는 바가 있다는 듯 그제야 좀 편안한 표정을 지은 노인은 품속에서 조그만 은색 패를 꺼내 나에게 넘겼다.

"지금 준 건 용병 길드의… 플래티넘 등급을 상징하는 패다. 그걸 가지고 있으면 대륙 내의 용병 길드 어디든 우대를 받을 수 있지. 의뢰 선택에 우선권이라든지, 퀘스트 취소나 추가의 제한을 어느 정도 풀 수도 있고… 여러모로 쓸모가 많을 거야."

"이게 추가 보상인가요?"

"그래… 어쩌면 다른 사람한테 갔어야 할지도 모르지만 말이야……."

그렇게 말하며 게슴츠레한 눈으로 나를 쳐다보는 노인을 보고 있자니, 그가 생각하는 바가 너무 빤해서 웃음이 나올 지경이었다.

아마도 노인은 내가 아르텐과 같이 가서 그의 도움으로 퀘스트와 보스를 처치하고 왔다고 생각하는 듯싶었고, 그런 나를 운좋은 녀석 정도로 여기는 듯했다.

'뭐, 상관없지만.'

그닥 좋은 추억이 되지 못한 첫 파티 사냥의 결과는 나를 케이안에게서 마음이 멀어지게 만들었고, 이 기회에 케이안을 떠날 생각을 하고 있었기에 어차피 이 노인과 더 이상 만날 일도 없을 터였다.

"남쪽 파라다이스."

"……?"

"남쪽 파라다이스와 관련한 의뢰를 맡길 원합니다."

"남쪽 파라다이스라……."

생소한 이름이라는 듯 노인이 고개를 갸웃거렸지만… 그게 내가 해줄 수 있는 최선의 설명이었다. 약 한 달 전에 뉴스를 통해 한 번 봤을 뿐인데다, 솔직히 말하자면 당시의 기억도 흐릿한 지금, 내가 그 장소에 대해 기억하고 있는 것은 남쪽의 파라다이스라는 것뿐이었다.

"아, 그렇군! 거길 말하는 것이군?"

잠시 고민을 하던 노인은 그제야 깨달았다는 듯 손뼉을 치며 실실 웃었다.

"흐흐흐… 파라다이스라… 그래, 어울리는 이름이야… 용병들의 파라다이스… 크흐흐흐……."

"……?"

무엇이 그리 재미난 것인지 연신 파라다이스를 중얼거리는 노인은 주변을 뒤적거리는가 싶더니, 이내 한편에서 유달리 깨끗한 두루마리 여러 개를 내보였다.

"자, 전부 그곳에 관련한 의뢰다."

"꽤 많군요?"

케이안을 떠나 내가 갈 곳은 몇 번이고 다짐하던 남쪽의 파라다이스였다. 그곳에 가서 지친 심신을 풀고, 처음 이 게임을 했을 때의 목적도 이루는 일석이조의 효과를 노린 것이었다.

'거기에 겸사겸사 용병 길드의 의뢰도 받아 가고 말이지.'

최종적으로 일석 삼조의 효과를 노리는 나였지만, 사실 그런 평화로운 휴양, 관광지에 의뢰가 있어봐야 얼마나 있겠으며, 설마 지역이 완전히 다른 이곳에 관련 퀘스트가 있을까 싶었는데, 의외로 꽤 많은 의뢰가 있었다.

"최근 파라다이스로 떠올라서 말이지… 크크큭… 신규 의뢰가 많아."

'최근?'

확실히 최근이라면 최근이긴 했다. 애당초 그곳이 뉴스에 나올 만큼 유명한 파라다이스가 된 것은 유저들이 유입되기 시작한 이후였으니, 게임 속 시간으로도 1년이 채 안 된 게 맞았다.

"난이도는 어떤가요?"

"뭐, 너 정도라면 뭐든 걱정할 필요 없을 거다. 쿠후후……"

어쩐지 비아냥거리는 소리로밖엔 안 들리는 칭찬에 작게 눈가를 찌푸린 나는, 책상에 놓인 여러 두루마리 중 하나를 집어 펼쳐 나갔다.

그때, 노인이 내 손을 제지했다.

덥석.

"아아, 아직 하지 않은 게 있을 텐데?"

"…그렇군요."

용병 길드에서 한 번에 받을 수 있는 의뢰는 한 번에 하나뿐. 아까 준 플래티넘 패가 제한을 풀어준다곤 했지만, 그것에도 무언가 기준이 있나 보다.

〔퀘스트가 완료되었습니다〕

〔퀘스트 보상을 획득하셨습니다.〕

〔레벨업하셨습니다.〕

…….

몇 가지 시스템 창이 순식간에 나타났다 사라지고, 다시 주변이 잠잠해졌음을 느낀 나는 그제야 두루마리에 다시 손을 가져다 댔다.

예상대로 노인은 나를 제지하지 않았고, 나는 처음 받은 퀘스트와 달리 굉장히 심플한 내용의 퀘스트를 볼 수 있었다.

〔대륙 남부 해양 몬스터 처치 — 일반 지정 의뢰〕

시간 : 무제한
보상 : 몬스터 한 마리당 추가 경험치 2,000, 몬스터 한 마리당 추가 골드(몬스터에 따라 차등 지급)
성공 조건 : 대륙 남부에 창궐한 해양 몬스터를 30마리 이상 처치
실패 조건 : 퀘스트 포기
실패 페널티 : 없음

권장 레벨 : 220

여전히 높은 권장 난이도를 자랑하는 퀘스트였지만, 이미 우리 일행의 전력을 잘 알고 있는 나는 더 이상 그런 것에 대해 불만을 표하지 않았다.

다만……

'해양 몬스터라…….'

대체로 괴수 형태나 동물의 형상을 따르는 해양 몬스터는 내

전문 분야가 아닌 만큼 조금 고생할지도 모른다는 생각이 들었다.

"수락하겠습니다."

〔퀘스트가 등록되었습니다.〕

"클클클… 좋아."

뭐가 좋다는 건지는 알 수 없지만, 어쨌든 볼일을 다 마쳤으니 더 이상 지체할 이유가 없다는 생각에 재빨리 라모스의 전리품을 챙기려는 찰나, 노인이 내게 물었다.

"그래, 의뢰지까지는 어떻게 갈지 생각해 봤나?"

"…뭐, 남부 해변이라고 되어 있으니, 남쪽으로 방향을 잡고 내려가다 보면 되겠죠."

"뭐? 크하하하핫!"

나의 태평한 대답을 들은 노인은 여태 본 것 중 가장 호탕하게 웃어 보이며 말했다.

"크흐흐훗! 푸흡! 여기서부터 거기까지 내려간다고? 지금 여기가 어딘지 알고 하는 소린가?"

"…케이안 성이죠."

이유도 알려주지 않고 비웃기만 하는 노인을 보며 기분 나쁘다는 듯 인상을 찌푸리자, 노인이 그제야 좀 진정이 된 듯 나에게 말했다.

"그래, 케이안 성이지. 그런데 이 케이안 성이 대륙 어디에 있는 건지는 알고 있나 싶어서 물어본 거야."

"그건… 잘 모르겠군요. 하지만 대륙 남쪽이라고 했으니 계속 내려가면 언젠가 도착하겠죠."

"크흐흐흐… 이거 정말 물건이구만 그래……."

내 대답을 들은 노인이 다시 웃음을 흘렸지만, 이번에는 아까와 같이 웃지 않고 다시 대답을 해줬다.

"여기 케이안 성은 대륙에서도 북동부에 위치한 성이네. 북부에 속한 지역치고는 춥지 않지만 그건 순전히 근처에 있는 케이안 숲의 기괴한 식생 때문일 뿐, 풍족하고 따뜻한 남부랑은 정반대에 위치해 있단 말이지. 괜히 이곳에 사람이 얼마 없는 게 아니야. 이 대륙에서도 구석에 위치한 외진 지형과 척박한 환경이 사람을 배척하기 때문이지."

"……."

나는 설마하니 이곳이 남쪽 파라다이스와 그렇게나 멀리 떨어져 있으리라고는 생각하지 못했기에 당황할 수밖에 없었다.

'게다가 사람도 얼마 없다니… 확실히 전 세계에서 즐긴다고 하기엔 유저가 그리 많지 않아서 조금 이상하다 싶긴 했지만…

여기가 대륙의 오지에 속하는 곳일 줄은……'

새로 알게 된 정보로 그간 갖고 있던 여러 의문이 풀렸지만, 덕분에 늘어난 궁금증도 있었다.

"그렇다면… 왜 이런 외진 지역에서 정반대에 있는 남부의 의뢰를 받는 겁니까?"

"크흐흐… 완전 바보는 아니었군. 좋아, 따라와라."

그렇게 말하며 나를 두루마리가 가득 쌓인 벽장 방향으로 안내하는 노인의 모습에 수상함을 느낀 내가 슬쩍 거리를 두자, 뒤통수에 눈이라도 달린 것인지 노인이 호통을 쳤다.

"뭐하나? 헛짓거리하지 말고 빨리 따라와!"

그렇게 말하며 성큼성큼 벽장을 향해 걸어가는 노인은 눈앞에 있는 것이 전혀 보이지 않는 듯해 뒤에서 보고 있던 내가 걱정할 지경이었지만, 정작 노인이 벽장에 닿는 순간 당황한 것은 나였다.

스르륵—

'사, 사라졌어?'

벽장에 몸이 닿는 순간을 기점으로 시야에서 감쪽같이 사라져 버린 노인을 찾아 눈을 비비던 나는 혹시나 하는 마음에 벽장에 슬쩍 손을 갖다 대보았다.

그 순간.

덥석—!

"우와아아악!"

벽장 안쪽에서부터 내 팔을 잡아끄는 거친 손길에 깜짝 놀라 손을 빼려 했지만, 날 끌어당기는 힘이 얼마나 센지 내 몸은 순식간에 벽장 안쪽으로 빨려 들어가고 말았다.

쿠당탕탕!

"거, 등장 한 번 요란하구만."

끌려 들어온 반동으로 바닥을 나뒹구는 나를 옆에서 한심하다는 듯 지켜보던 노인이 슬쩍 소매를 내리는 모습을 보며, 나는 경황없는 와중에도 방금 전 나를 끌어당긴 엄청난 힘의 소유자가 바로 이 노인임을 깨달을 수 있었다.

'공간 안에 공간… 그리고 그 안에 또 이런 공간이라니…….'

나는 내가 도착한 곳이 외길로 된 복도 한복판임을 깨닫고 주변을 살폈다.

주변이 어두운 탓에 카펫이 깔린 길이 있다는 것 외엔 딱히 알 수 있는 게 없지만, 그럼에도 불구하고 이곳은 신기하기만 했다.

이것 역시 분명 게임 속 마법에 의해 구현된 것이겠지만, 이렇게 사람의 인식을 비틀고 물리적으로 절대로 불가능한 구조를 구현해 내는 것은 누가 뭐래도 신기할 수밖에 없었다.

그리고 그때, 조금 멀리서 노인의 목소리가 들렸다.

"뭐하냐! 빨리 와!"

"네? 아, 네."

후다닥, 노인을 따라 뛰어간 복도의 끝에는 의외로 평범해 보이는 나무 문 하나가 있고, 노인은 내가 도착하기 무섭게 그 문을 열어젖히며 외쳤다.

철컹!

"새로운 플래티넘이다!"

그 순간, 문 너머로부터 수많은 시선이 나를 향해 쏟아졌고, 마치 언젠가 엘프 마을에서 겪어본 적 있는 것 같은 상황에 본능적인 거부감이 들어 재빨리 물러나려 했지만, 그보다 노인의 손이 더 빨랐다.

"뭐해? 빨리 들어가!"

덥석! 쿠당탕탕!

예의 아까의 그 강력한 팔 힘으로 단숨에 로브 자락을 잡혀 문 안쪽으로 집어 던져진 나는 자리에서 벌떡 일어나 경계 태세를 취하다가 문득 눈앞에 나타난 별천지에 멍해질 수밖에 없었다.

벽면을 도금이라도 한 것인지 번쩍번쩍 빛나는 방 안에는 각종 예술 장식품들과 다양한 형태의 무기들, 계절 따윈 상관없다는 듯 흐드러지게 핀 꽃나무와 은은하게 주변을 밝히는 샹들리에까지… 여기가 용병 길드인지 고급 저택의 응접실인지 구분이 안 갈 지경이었다.

"어서 오세요."

"어서 오세요, 제로 님."

어떻게 내 이름을 알고 있는 건지는 몰라도, 지금 이 순간 나를 향해 다가오는 아리따운 메이드들의 간드러지는 콧소리는 나의 경계심을 무너뜨리기에 충분했다.

"여, 여기는?"

"정해진 명칭은 없지만… 특별 대기실이라고 표현하는 게 좋겠군."

그렇게 말하며 나를 응접실 가운데 놓인 다탁 쪽으로 데리고 온 노인이 미리 준비되어 있던 차를 홀짝이며 말했다.

호록—

"자, 이곳이야."

"……?"

앞뒤 문맥 없이 나오는 노인의 말에 내가 이해하지 못했다는 표정을 짓자, 가볍게 눈썹을 치켜세운 노인이 다시 한 번 말했다.

"이곳이 바로 케이안 성의 최심처이자 용병 길드의 특별 대기실이다. 그리고 겸사겸사 텔레포트를 맡고 있기도 하지."

"테, 텔레포트?"

사람과 물건을 원하는 곳 어디든 이동시킬 수 있다는 마법, 텔레포트.

그 마법의 압도적인 효용성 덕분에 특별히 설정된 국가의 주요 거점들을 제외하고는 사용 자체가 불가능한 마법이었다. 그리고 이러한 설정은 당시 게임 개발에 참여했던 전원의 의견을 조사하여 많은 회의 끝에 결정된 사안으로, 나 역시도 잘 알고 있는 내용이었다.

"아까 왜 대륙 정반대에서 의뢰를 받느냐고 했지? 우리가 보내줄 수 있거든."

자랑스레 말하는 노인의 얼굴엔 웃음이 감돌았지만, 여태까지와는 달리 기분 나쁜 웃음이 아니었다.

"자, 의뢰지로는 우리가 바로 보내줄 테니… 나가서 바로 출발 준비나 하고 와라."

씨익―

이가 듬성듬성한 웃음을 지어 보이며 말한 노인은 손을 들어 한쪽 방향을 가리켰고, 나는 뭐에 홀린 듯 두 눈을 꼭 감고 그 손이 가리킨 방향의 벽을 향해 걸어 나갔다.

이어 벽의 단단함이 느껴졌다 싶은 순간.

꿈뻑―

"······?"

갑자기 얼굴을 통해 느껴지는 찬 공기의 감촉이 꼭 감고 있던 내 눈을 도로 뜨게 만들었다.

"여, 여긴?"

나는 캄캄한 골목 한복판에서 주변을 두리번거리다가 곧 밝은 빛이 흐르는 곳으로 발걸음을 옮겼다.

"아~ 쌉니다, 싸요!"

"포션 팔아요! 맛있는 포션 팔아요! 딸기 맛! 메론 맛! 치킨 맛~!"

"이 갑옷으로 말할 것 같으면 창에는 절대 안 찢어지지만 이렇게 손으로 당기면 찢어지는······!"

와자지껄―

'시장으로 나온 건가?'

저녁 시간임에도 여기저기 등불 등에 의지해 좌판을 깔아놓고 장사를 하는 사람들의 목소리가 거리에 가득 울려 퍼지고 있었다.

나는 그런 시장 한복판에서 꿈뻑꿈뻑, 조금 전의 일을 다시 떠올려 나갔다.

'용병 길드에 들어가서 퀘스트를 완료하고… 의뢰를 받고… 그러다 공간 안의 공간으로 또 들어가고… 다시 그 안쪽의 방으로 들어가서…….'

그야말로 혼란, 그 자체인 상황에 머리가 핑핑 돌아가는 찰나, 저 멀리서부터 나를 향해 달려오는 것이 있었다.

"주인! 어디 있나, 주인!"

"제로! 어디 갔어!"

새카만 어둠 속에서도 한눈에 들어오는 새하얀 로브와 반짝반짝 윤이 나는 커다란 방패. 그 옆에서 뒤뚱뒤뚱, 아장아장 뱃살을 잡고 뛰어오는 펭귄의 모습은 굳이 누구인지 고민해 볼 필요도 없었다.

"헉헉! 어떻게 된 거야! 갑자기 기척이 사라져서 놀랐잖아!"

"주인! 나 갖고 싶은 거 안 사 주려고 도망친 줄 알았다!"

"여긴 어떻게 알고……."

"그야 주인이 여기 있으니까."

애당초 가디언과 소환수의 시스템에 대해 이해도가 낮은 나는 잘 몰랐지만, 사실 이 둘은 자신들의 주인이 일정 거리 이상 떨어지게 되면 자동으로 감지하고 기척을 추적할 수 있는 능력이 있었다.

"뭐… 그래……."

이런 것을 모르는 나로서는 그냥 엠페러다운 대답이라고 생각하며 적당히 고개를 흔들다가, 문득 떠오른 것이 있어 벨라와 엠페러를 재촉했다.

"맞다! 이러고 있을 때가 아니라… 그래, 우리 빨리 필요한 것들 사자."

"……?"

"……?"

내 말이 선뜻 이해가 안 간다는 듯 고개를 갸우뚱거리는 둘을 보며 내가 의미심장하게 말했다.

"바다에 물놀이 갈 거니까… 필요한 거 사러 가자."

씨익―

"바, 바다?!"

"무, 물놀이?!"

평생을 숲에 살며 바다라고는 책을 통해서밖에 본 적 없는 벨라가 환호했음은 물론이고, 최근 헤엄칠 물은커녕 마실 물조차 별로 본 적이 없던 엠페러도 물놀이라는 말에 입을 쩍 벌렸다.

그렇게 환호하는 한 엘프와 펭귄을 데리고 본격적으로 쇼핑에 나선 나는 제일 먼저 잡화점에 들러 가장 만만한 언데드의 전리품들을 땡처리하고 그 돈으로 각자 물놀이에 필요한 물건들을 구입하기 시작했다.

"우선 수영복!"

"튜브? 이게 뭐야?"

"낚싯대! 주인, 나 낚싯대가 갖고 싶다!"

애당초 바다에서의 물놀이에 대한 개념이 없는 벨라는 하나부터 열까지 하나씩 물어보며 세심하게 물건을 골랐고, 엠페러는 보이는 족족 마음에 드는 것들을 제 몸에 걸치기 시작했다.

그리고 마침내…….

너덜너덜…….

"너희… 그거 다 필요한 거 맞아?"

끄덕끄덕—

나는 로브 위에 걸친 구명조끼와 팔뚝에 매단 작은 구명 튜브, 그리고 허리에 찬 오리 모양의 튜브에 오리발을 신고, 양손엔 모기약과 스노클링 마스크를 골고루 들고 있는 벨라를 보면서 잠시 고민하다가 고개를 끄덕여 허락해 줬고, 마찬가지로 똑같은 물건에 낚싯대를 포함해 장난감 몇 가지를 더 고른 엠페러는…….

"기각."

"어째서—!"

"펭귄이 무슨 튜브에 스쿠버다이빙 장비야? 둘이 어울리지도 않는데다… 너, 그 오리발보다 니 발로 헤엄치는 게 더 빠른 거 아니야?"

지극히 논리적이고 이성적인 내 말에 결국 낚싯대와 밀짚모자만을 챙긴 엠페러는 시무룩한 표정으로 중얼거렸다.

"주인, 거짓말쟁이. 다 사 준다고 해놓고……."

"뭐라고?"

"아, 아니다, 주인! 낚싯대가 마음에 든다고 했다!"

뭐라고 했는지야 뻔하지만, 그나마 있는 것마저 뺏길까 봐 낚싯대를 힘차게 휘두르는 엠페러의 안쓰러운 모습을 보면서 적당히 고개를 끄덕인 나는 계산대 위에 수북한 물놀이 물품을 보며 가게 주인에게 물었다.

"얼마죠?"

"총 15골드입니다."

많은 재고를 처리했다는 생각에 기분이 좋은 것인지 환한 얼굴로 대답하는 잡화점 주인을 보며, 나는 날카롭게 눈을 빛냈다.

"호오, 이렇게 다양하고 많은 종류의 물건을 샀는데… 딱 15골드로 떨어진다고요?"

"…뭐, 우연히 그렇게 됐네요."

나의 기습적인 일침에 뜨끔한 표정을 지은 잡화점 주인이 슬쩍 눈을 피하며 대답하는 것을 확인한 나는 단호히 말했다.

"8골드."

"무, 무슨 그런 말도 안 되는……."

단숨에 반토막내 부르는 가격에 잡화점 주인이 반발하고 나섰지만, 나는 자신이 있었다.

"여기는 분명 대륙 북동부에… 주변은 대부분 산지인 걸로 아는데요? 그죠?"

"……."

"게다가 그 산지들은 전부 몬스터들 천지고… 조금만 벗어나면 그 악명 높은 케이안 숲까지 있잖아요?"

"……."

"이런 곳에서 과연 이런 물놀이 용품이 팔릴 수 있을까아아~?"

부들부들―

내 말 한마디, 한마디에 조금씩 고개를 숙이던 잡화점 주인이 몸을 떠는 것을 확인한 나는 슬쩍 당근을 던졌다.

"하지만… 어쨌든 가게에서는 이윤이 남아야 하니……."

"그, 그렇습니다!"

"9골드."

씨―익.

이윤을 생각해 준다는 내 말에 밝아진 얼굴로 대답하던 잡화점 주인은 9골드라는 말에 다시 창백해진 표정으로 고개를 숙였다.

'이건… 조금만 더 하면 되겠군.'

먹잇감이 눈앞에 다가왔음을 느낀 내가 혀로 입술을 훑으며 잡화점 주인을 노려보는 그때, 익숙한 손길이 내 옷자락을 잡아당겼다.

"엠페러, 나 지금 바빠."

팔락—

슬쩍 로브를 털어내는 것으로 엠페러의 손길을 치워낸 나는 감히 자린고비 경력 3년 차의 나에게 바가지를 씌우려고 한 잡화점 주인을 어떻게 요리할까에 대해 생각하다가, 다시 한 번 느껴지는 손길에 슬쩍 인상을 쓰며 밑을 내려다봤다.

쭈욱—

"주인……."

반짝반짝!

예의 그 순진무구한 눈망울에 반짝임을 더한 눈으로 올려다보는 엠페러를 보며 나는 단호히 말했다.

"안 돼."

그간 저 표정에 넘어가 많이 양보를 해주긴 했지만, 지금 순간만큼은 엠페러에게 신경 쓰기엔 너무 중요하기도 했을뿐더러 계속 같은 패턴으로 당해줬다간 나쁜 버릇이 생길지도 모르는 일이었다.

 "하지만 주인… 아까 약속했지 않았나?"

 '약속? 약속이라……'

 그제야 아까 공동묘지에서의 약속을 떠올린 나는 '결국 넌 아무것도 안 했으니 무효야'라고 말하려다가 너무도 간절하게 바라보는 엠페러의 모습에 한숨 쉬며 한마디 했다.

 "하아, 하지만 너 벌써 필요한 거 다 골랐잖아?"

 낚싯대와 밀짚모자, 그리고 사실 아까부터 알고 있었지만 모른 척하고 있던 허리 뒤춤의 곤충채집 도구를 가리키자 엠페러는 의외로 순순히 낚싯대 등을 반납했다.

 그 예상 밖의 모습에 과연 무엇이 이렇게 엠페러를 안달하게 하는가 싶어 물었다.

 "뭐가 갖고 싶어서 그러는 건데?"

 "저, 저거……."

 엠페러의 시야에 간신히 닿는 높은 선반 위, 새카만 원통형 모양에 조금 긴 챙이 달린 요상한 모자는 꽤 고급품인 듯 빨갛고 푹신한 방석 같은 것 위에 놓여 있었는데, 그 외엔 특별한 외형상 특징도 없는 평범한 모자로밖에는 보이지 않았다.

 아무리 봐도 엠페러가 좋아할 만한 물건으로는 보이지 않는지라 내가 엠페러에게 저게 무엇이냐고 물어보려 했지만, 그보다는 잡화점 주인이 더 빨랐다.

"저 물건으로 말씀드릴 것 같으면!"

'쳇, 벌써 회복했나?'

따박따박 재빨리 몰아붙이는 것으로 그로기 상태에 몰아넣은 잡화점 주인이지만, 나와 엠페러가 대화하는 사이 정신을 차리고는 대화 속에서 포식자였던 내가 엠페러의 등장으로 피식자로 전락한 것을 감지하며 곧장 대화에 끼어든 것이었다.

"벌써 백여 년간 저희 잡화점을 대대로 지켜온, 유구한 역사를 지닌 물건으로, 희대의 마술사라 불리던 잭 오칼롯 2세가 말년에 실제 사용하던……."

나불나불—

저 모자에 대해 무언가 많은 말을 쏟아내는 잡화점 주인이지만, 결국 저 모자는 마술사의 마술 도구라는 말이었다.

나는 혹시나 엠페러가 단순히 저 모자의 디자인이 마음에 들어 이러는 것은 아닐까 하는 생각에 물었다.

"저 모자가 꼭 필요한 거야? 아니면 그냥 밀짚모자는 마음에 안 들어서?"

"저 모자가 필요하다, 주인!"

물어보기 무섭게 단호하게 대답하는 엠페러를 보면서 나는 약간 고뇌에 빠진 표정을 지었고, 그 와중에도 나불거리고 있던 잡화점 주인은 약간 입꼬리를 당겼다.

"그만, 그만하면 설명은 충분한 거 같네요."

"후후, 그럼 어떻게… 사시겠어요?"

잡화점 주인의 물음에 엠페러와 잡화점 주인의 시선이 모두 내 입으로 모였다.

"아뇨."

둘 모두의 기대를 무참히 박살 내는 내 단호한 대답에 모두가 울상 짓는 찰나, 가만히 지켜보던 벨라가 나섰다.

"제로… 모자 정도는 괜찮지 않을까? 낚싯대랑 다른 물건도 다 반납했는데……."

평소 견원지간처럼 으르렁대던 벨라가 엠페러를 두둔하고 나선 이유를 나로선 잘 알 수 없었지만, 평소 당당하기만 하던 엠페러가 물건 하나에 비굴해지는 모습이 안쓰러워 보였거나 모성애 같은 것을 자극한 정도로 이해하기로 했다.

하나 그렇다고 내 결정이 바뀌지는 않았다.

"잘 들어봐. 우리는 물놀이를 가는 거야. 그런 우리한테 마술사 모자가 필요할 리가 없잖아."

내 말에 고개를 푹 숙이며 온몸으로 실망을 표현하는 엠페러지만, 나는 그에 아랑곳 않고 말을 이어 나갔다.

"게다가 저 물건 아까 소개할 때 말했잖아. 자그마치 백. 년.

을 여기에 있던 물건이라고. 완전 골동품이란 말이야. 게다가 아까 누구? 잭 오칼롯? 그 사람이 쓰던 중고품인데다 시간이 오래되어서 어디 고장이라도 났으면 어떡하려고 그래? 백 년 전이면 원래 주인도 죽어서 고쳐줄 사람도 없을 텐데, 저런 건 차라리 새거를 사는 게 낫지. 안 그래? 엠페러, 너도 굳이 남이 쓰던 걸 더 비싸게 주고 살 필요는 없는 거 아니야?"

끄덕—

내 말의 의미를 알아들은 건지, 조금 힘이 돌아온 모습으로 고개를 끄덕이는 엠페러였다.

그리고 이런 내 말이 이어질수록 점차 창백해져 가던 잡화점 주인은 이 승부의 관건이던 엠페러가 고개를 끄덕이는 것을 끝으로 더 이상 창백해질 수 없을 만큼 하얗게 질린 얼굴이 됐다.

이를 확인한 나는 최후통첩을 날렸다.

"만약 산다면… 그래… 다 합해서 11골드. 아니면 안 살 거니까."

쿠궁—

잡화점 주인의 얼굴이 새까맣게 타들어 갔다.

딸랑—

"어서 꺼지… 아니, 안녕히 가세요."

"예, 많이 파세요."

나는 부들부들 떨리는 목소리로 우리를 직접 배웅하는 잡화점 주인을 뒤로한 채 기분 좋은 콧노래를 불렀다.

"흐흥~ 으흐흥~"

"뭐가 그렇게 좋아?"

내가 기분이 좋아 보이자 벨라가 품 안 가득 물놀이 용품을 들고 물었지만, 나는 간단하게 일축했다.

"후후, 그럴 일이 있어."

"……?"

내 대답에 고개를 갸웃거리는 벨라였지만, 나는 그런 벨라의 반응은 무시한 채 눈앞에 나타난 메시지들을 정리하는 데 몰두했다.

〔공통 스킬, 상술—흥정을 습득하셨습니다.〕
〔공통 스킬, 상술—설득을 습득하셨습니다.〕
〔흥정에 성공하셨습니다.〕
〔설득에 성공하셨습니다.〕
〔재능 보너스! 흥정 범위의 최대치가 500%까지 적용됩니다.〕

'후후, 흥정이라니…….'

이런 쓸모 있는 스킬을 봤나.

개인적으로 여태 얻은 수많은 스킬 중 가장 효율이 좋은 스킬이 아닐까 싶었다.

게다가 예상치 못한 내 재능 '잡학다식'의 활약으로 본래 물건 값의 반 수준으로 아이템을 구매했으니, 그야말로 대박이라는 표현이 어울렸다.

'이런 곳에서 물놀이 용품을 구매한 게 또 컸지.'

만약 해변에 가서 물놀이 용품을 구매하려 했다면 잔뜩 바가지를 씌우려는 주변 상인들과 한참을 씨름해 간신히 제값에 사는 게 한계였을 것이다.

성수기의 민박집이나 펜션을 당일 현지에 가서 구하는 것은 날 잡아잡숴 달라는 말이나 다름없으니 말이다.

물론 이러한 사실을 잡화점 주인도 잘 알고 있기에 흥정 과정에서 차라리 사지 말라고 배짱을 부렸었지만, 내가 현지 대여에 대해서 언급을 하자 곧장 꼬리를 내렸다.

아까도 말했지만, 해변이나 피서지라는 단어와는 백만 광년은 떨어진 이곳 케이안에서 이런 물건을 파는 것이 얼마나 힘든 일인지 대대로 잡화점을 해왔다는 주인은 잘 알고 있었기 때문이다.

게다가…….

"하압! 얍! 욥!"

잡화점에서 구입한 마술사 모자와 세트로 받은 짤막한 막대기로 연신 모자를 두드리는 엠페러를 보니 흐뭇하기도 했다.

하는 꼴을 보아하니 마술을 쓰긴 그른 것 같지만, 일단 저 모자는 분명 고급품임에 틀림없었다. 꽤나 허름한 잡화점이었음에도 불구하고 가장 깨끗한 선반에 먼지 하나 없이 보관되어 온 물건이니만큼 분명 그만한 가치가 있는 물건일 터. 만약 엠페러가 싫증낸다고 해도 충분히 제값을 받고 되팔 수 있을 만한 물건이었다.

'거기에 엠페러 본인이 제일 만족하고 있으니… 그야말로 일석이조로군.'

나는 마술의 마자도 모르는 주제에 마술 지팡이로 모자만 연신 두드리는 엠페러를 흐뭇하게 바라보며 다시 용병 길드로 향했다.

"제로, 여기는 용병 길드 아니야? 바다로 가려면 다른 쪽으로 가야 하지 않을까?"

방향감각이 뛰어난 엘프답게 용병 길드로 향하는 나를 불러세운 벨라지만, 걱정 말라는 나의 호언장담에 결국 의문스러운 표정으로 용병 길드까지 따라오고야 말았다.

"뭐해, 안 들어가?"

마침내 도착한 용병 길드에서 내가 아무 말 없이 문 앞에 서 있기만 하자 당연히 들어가리라 생각했던 벨라가 물었지만, 나는 절레절레 고개를 젓고는 의미심장하게 아까 받은 플래티넘 패를 품속에서 꺼내 들었다.

그러고는……

"뭐, 어쩌라고?"

"엥?"

문 앞을 지키는 경비원에게 쫓겨났다.

'뭐, 뭐지? 혹시 꿈이었나?'

나는 아까의 일이 혹시 꿈은 아니었을까 싶어 볼을 꼬집어도 보고 밋밋하기만 한 플래티넘 패를 깨물어도 봤지만… 아무리 봐도 현실이었다. 심지어 아까 받은 퀘스트 두루마리까지 인벤토리에 들어 있었다.

"아니, 대체 어떻게 된 거야? 분명 이걸 보여주면 된다고 했는데……."

"……?"

"……?"

이상한 걸 보는 듯 의문스런 표정으로 나를 쳐다보는 벨라와 엠페러의 시선에 쪽팔린 나머지 힘을 줘서 플래티넘 패를 구부러뜨리고 있던 나는, 얼마 지나지 않아 용병 길드 건물에서 튀어나온 여직원을 만남으로써 진정할 수 있었다.

"제로 님이시죠?"

"네? 아, 네……."

"호호, 문 앞에서 그 패를 보여주라고 한 건 경비원에게 보여주라는 뜻이 아니라, 건물 안쪽 문 앞에 앉아 있는 저한테 보여달라는 거였어요."

"아, 아하하하! 그러시구나!"

나는 이미 반 정도 구부러진 패를 재빨리 품속에 숨겼지만, 확인을 요구하는 용병 길드 직원의 말에 패를 도로 꺼낼 수밖에 없었다.

"푸흡!"

"우, 웃지 마세요."

"으르릉! 왜 우리 제로 보고 웃어!"

구부러진 패를 보고 웃는 여직원의 모습에 벨라가 영문도 모르고 적의를 드러냈지만, 정작 여직원은 신경도 안 쓴다는 듯 패를 이리저리 살펴보다가 마치 아까 노인이 그랬던 것처럼 벽을 향해 손을 내밀며 말했다.

"자, 가시면 됩니다. 아마 곧장 이용하실 수 있을 거예요."

"아, 감사합니다."

나는 인사를 건네고는 나와 여직원이 서로만 알아듣는 말을 하는 것에 대해 뾰로통한 표정을 짓고 있는 벨라의 손을 잡아끌었다.

"아… 제, 제로, 이 손……."

"자, 가자. 엠페러도 딴짓하지 말고 바로 들어와."

"알겠다, 주인."

스르륵―

어느새 손에 들고 있던 모자를 머리에 뒤집어쓴 엠페러는 눈앞에서 사라지는 나와 벨라를 보며 눈을 동그랗게 떴다가, 이내 마찬가지로 벽 너머로 사라졌다.

홀로 남은 여직원은 그들 일행이 사라진 곳을 차분히 바라보다가 사뿐사뿐 걸음을 옮기며 중얼거렸다.

"흐응~ 이번 플래티넘 패주들은 다들 재밌네~"

쿡쿡.

어두운 케이안의 밤.

불야성을 이루는 용병 길드에 작은 웃음소리가 메아리쳤다.

벽을 넘어온 방 안, 그곳은 내가 시장 골목에서 나오기 전에 있던 응접실이었다.

허나 그 분위기가 그때와는 차원이 달랐다.

웅웅웅웅!

"마력 방벽 전개!"

"마나 충전 94%!"

"다차원 마법진 전체 활성화!"

"이봐! 뭐하다 이제 왔나! 물건을 직접 만들기라도 했냐? 빨랑 마법진에 올라가!"

우리가 나타나기 무섭게 호통을 치던 노인은 우리 셋을 마법진에 밀어 넣다가 벨라의 손에 쥐어진 물안경과 공기 빠진 오리 튜브를 보며 슬쩍 이마를 짚었다.

"후… 그래, 의뢰 내용은 알고 있겠지? 내가 너에게 플래티넘 패를 맡긴 건… 말 그대로 너의 정체, 너의 실력, 너의 모든 것을 우리 용병 길드가 보증한다는 말이다. 네가 그곳에 가는 이유가 의뢰 때문임을 절대로 잊지 말고… 실패하는 일이 없도록 해라!"

"…예."

노인의 말을 들으며 그제야 무언가 잘못되었음을 느낀 나지만, 그렇다고 지금 와서 면전에 대고 놀러 가려던 것이라고 할 수는 없었기에 조용히 고개를 끄덕였다.

그러자 내 대답이 마음에 들었는지 노인은 사뭇 진지한 표정으로 마법진을 조율하고 있는 마법사들과 아까의 그 메이드들에게 명령했다.

"음… 좋아! 텔레포트 마법진 가동!"

부오오오오오오—

츠파아아앗!

그의 명령과 함께 방 안을 가득 채운 푸른빛이 눈을 찔러왔고, 번져 가는 짙푸른 정전기가 마법진 위에 선 우리의 주변을 스치기 시작했다.

그렇게 마법이 펼쳐지려는 찰나!

펑—!

"아……."

"어?"

"……?"

엠페러의 모자에서 펑, 하는 소리가 나더니, 이내 모자의 뚜껑이 열리며 하얀 비둘기 한 마리가 날아올랐다.

그러고는…….

구구구—

"……?"

퍼엉!

마법진을 활성화시키기 위해 마나석을 들고 있던 메이드의 손에 안착한 비둘기는… 마나석과 함께 한 송이 꽃으로 변해 버렸다.

"어머?"

"뭐하는 거냐!"

얼굴을 붉히며 꽃을 들어 보이는 메이드를 향해 호통친 노인
이었지만······.

파아아아아아─!

구오오오오오오!!

···이미 발동한 마법을 막을 수는 없었다.

츠파아아아아아앗!

"······."

"······."

한 줄기 섬광과 함께 사라져 버린 제로 일행이 있던 자리를
망연자실하게 바라보던 노인이 옆에 선 마법사를 올려다봤다.

"···아마 근처엔 떨어질 겁니다. 아마도요······."

"······."

"······."

그로부터 한참 동안 노인도, 마법사도, 메이드들도, 아무도
말이 없었다.

외전

잡다한 이야기

6. 아르덴의 경우

압도적이다.

화려하다.

강하다.

조금 전 눈앞에서 벌어진 싸움은 이 세 단어로 표현되는 것이었다.

레벨 290의 보스 몬스터라는 최강의 적을 상대로 고작 레벨 100의 남자가 마음껏 보스를 유린하는 모습을… 아르덴은 단한 번도 떠올려 본 적이 없었다.

말하길 좋아하는 사람들이 궁극기라 부르는 자신의 필살기를 급소에 정확히 격중시켰을 때도 이런 전율을 느끼지 못한 아르덴이었다.

아니, 이는 아르덴이 이상한 것이 아니었다. 어찌 보면… 그저 싸우고만 있을 뿐인데 보는 이로 하여금 전율을 느끼게 하는 쪽이 이상한 것인지도 몰랐다.

푹푹푹푹!

단숨에 몸의 급소, 중선에 위치한 네 곳을 파고드는 송곳 같은 금빛의 단검은 어떠한 그래픽 아트보다도 아름다웠고, 뻥 뚫린 구멍이 메워지기 전에 다시 온몸에 구멍을 생성해 내는, 물 흐르는 듯 자연스러운 동작은 자연의 정취를 담은 한 폭의 산수화와도 같았다.

부르르르—

'저게 정말 사람인 걸까?'

보기만 해도 다리가 떨리는 보스의 머리에 아무렇지 않게 올라타고, 목이며 얼굴 따위에 마구잡이인 듯 급소를 노리고 찔러대는 칼질을 시전하는 제로의 모습. 그것은 어찌 보면 아르덴이 꿈꾸던 어쌔신의 최종 형태에 가장 근접한 모습이었다.

죽음조차 예술로 승화시키고.

죽이는 모습조차 아름다우며.

죽였음에도 어쌔신이라고는 생각할 수 없는… 최강의 어쌔신.

그 모든 것이 지금 아르덴의 앞에 펼쳐지고 있었다.

'레벨 차이 때문인지 단숨에 죽지는 않지만… 저렇게나 많이 공격을 당했으니 많은 체력이 소진됐을 터. 충분히 승산이 있어!'

눈의 착각일지도 모르지만, 어쩐지 아까보다 느리게만 보이는 라모스의 공격을 보며 죽는 것은 시간문제임을 확신한 아르덴은 주먹을 불끈 쥐고 제로의 모습을 단 한 장면이라도 더 보고자 눈에 힘을 줬다.

그 순간.

쿠콰아아앙!

쩌저저적!

라모스를 중심으로 땅이 터져 나갔다.

거칠게 퍼져 나가는 기파를 따라 주변을 가득 메워가는 바위와 흙의 조각들이 일순 아르덴의 시야를 가렸지만, 불굴의 의지로 기파에 정통으로 휩쓸렸을 제로를 찾아 고개를 돌렸다.

설마 그럴 리가 없다고 믿고는 있지만, 만일 제로가 이 공격으로 큰 피해를 입었다면 그다음 나서야 할 것은 자신이었다.

"카이악, 퉤!"

그런 아르덴의 걱정스러운 마음을 미리 알기라도 한 것일까?

격한 가래 뱉는 소리로 자신의 무사함을 알린 덕분에 아르덴은 밝은 얼굴로 허공에 떠 있는 제로를 바라볼 수 있었다.

너무 멀리 떨어진 탓에 목소리를 들을 수는 없지만, 제로가 무언가를 중얼거리는 걸 포착한 순간…….

'너… 죽었…어?'

츠파파파파파파팟!

하늘을 가득 메우는 빛의 궤적이 생겨났다.

그런 후…….

투콰―콰콰콰콰콰콰광!

하늘에서 새하얀 유성이 떨어져 내렸다.

7. 아르덴의 경우 Ⅱ

케이안 성으로 복귀하는 길.

아르덴은 짐꾼을 자처하여 라모스의 전리품이 담긴 보따리를 조심스레 끌어안고 고민에 빠졌다.

'가르쳐 달라고 해야 할까?'

제로와 라모스의 천지를 떨어 울리는 싸움.

그 최후를 장식한 건 제로의 가디언이지만, 그게 가능했던 건 그전에 제로의 엄청난 활약이 있었기 때문이다.

특히나 마지막의 하늘과 땅을 두 쪽으로 가르는 그 기다란 유성의 꼬리는… 아르덴이 보아온 그 어떤 기술보다도 멋있고, 어떤 기술보다도 강력한 기술이었으며, 지금 이 순간 반드시 배우기를 원하는, 진정한 최종 오의(最終奧義)였다.

'그간 내 기술들은 어째신이란 이유로 너무 밋밋했지. 위력은 괜찮았는지 모르지만… 그 위력마저도 제로가 보여준 것에 비하면 한참 뒤떨어져. 대체 어떻게 해야 저렇게까지 강할 수 있는 거지? 대체 어떻게 해야 저렇게 완벽할 수 있는 거지?'

고민이 깊어질수록 아르덴의 마음속에서 제로의 존재는 커져만 갔고, 마지막에 보여준 기술은 신격화되어 갔다.

'그게 피니시 무브였다면… 그런 걸 만들어낸 저 사람은 신이 아닐까? 3차원의 공간을 최대로 활용하는… 공간을 지배한다는 피니시 무브의 완성형을 생각해 내는 건… 그건 신만이 할 수 있는 게 아닐까?'

결국 케이안 성까지 오는 내내 끝없는 망상을 이어 나가던 아르덴에게 있어 어느새 제로는 신이 되어 있었고, 처음에는 제로에게 기술을 가르쳐 달라고 할 계획이던 아르덴은 이미 다른 생각으로 머릿속이 가득했다.

'어찌 감히 미천한 인간이 신의 기술을 탐하리! 어찌 내가 저분께 기술을 가르쳐 달라고 할 수가 있으리! 아, 신이시여!'

만약 제로 본인이 들었다면 기겁을 하며 낯부끄러움에 반사적으로 아르덴을 죽였을지도 모를 일이지만, 다행히 아르덴은 감히 신에게 말을 걸 용기가 없어서 아무 말 없이 케이안 성까지 따라올 뿐이다.

그리고 그 입은 헤어지기 직전이 되어서야 마침내 열렸다.

"…죄송했습니다."

자신이 감히 신께 너무도 불경한 생각을 했고, 그전까지 불경한 행동을 했다는 것에 대한 진심 어린 사과였다.

품에 안은 라모스의 전리품을 조심스레 신께 인계하고, 숙였던 고개를 제대로 들지도 못한 채 재빨리 동생을 데리고 그 장소를 벗어났다.

등 뒤에서 뜨거운 시선이 느껴졌지만… 그조차도 신의 시험임을 믿어 의심치 않으며, 행여 불경한 모습을 보일까 왜 그러냐고 자신을 부르고 꼬집는 여동생을 데리고 말없이… 석양을 향해 걸어 나갔다.

그리고 마침내 제로에게 보일 리 없는 곳에 이르러서야 뒤로 돌아 두 손을 모으며 속으로 부르짖었다.

'아! 신이시여!'

8. 마술사의 경우

주인인 제로가 퀘스트를 받으러 접수처에 가 있을 때, 엠페러와 벨라의 눈앞에선 화려한 마술 쇼가 펼쳐지는 중이었다.

마술을 펼치는 건 새카만 마술사 모자에 조금은 펑퍼짐한 턱시도를 입은 염소 콧수염의 남자.

그는 이 순간 그 어느 때보다도 정열적으로 자신의 마술을 펼쳐 내고 있었다.

'이렇게 많은 관심을 받는 건 처음이야!'

마법이 실존하는 세계, 그 세계에서 사실상 눈속임에 불과한 마술은 천대 받을 수밖에 없었다.

간혹 많은 연구 끝에 현실에선 꿈도 못 꿀 법한 마술이 성공하면, 특수한 스킬과 스탯으로 마술의 원리를 다 뚫어본 관객들이 옆에 앉은 연인에게 마술 원리를 몽땅 떠들어 대는 통에 그의 마술은 언제나 무시당했다.

그리고 오늘, 구걸용의 간단한 마술 쇼를 준비해 사람이 많은 용병 길드에 찾아온 그는 난생처음 본, 말하는 펭귄과 엘프를 보고 직감했다.

지금이 바로 인생의 전환점이 되리란 것을.

처음에는 말하는 펭귄이 신기해 어떻게든 꼬셔서 마술을 할 때 써먹어볼까 생각을 했지만, 누가 봐도 다른 유저의 소환수로밖엔 안 보이는 탓에 포기할 수밖에 없었다.

하나 실망도 잠시. 시선을 조금 돌리니, 그에게 새로운 기회가 도착해 있었다.

백여 명은 될 법한 인원 모두가 엘프와 펭귄을 쳐다보고 있고, 우연치 않게 그들 바로 앞에는 자신이 서 있었다.

마술사는 떨리는 마음으로 품에서 마술 봉을 꺼내 들었고, 뽕, 하는 효과음과 함께 꽃으로 변한 마술 봉을 엘프에게 건넸다.

엘프가 작게 미소 지으며 꽃을 받아 들었다.

주변에서 큰 환호와 박수갈채가 쏟아졌다.

쓰고 있던 모자를 들어 허공에 던져 비둘기로 바꾸자 펭귄이 벌떡 일어나서 환호했다.

주변에서 다시 한 번 큰 환호와 박수갈채가 쏟아졌다.

그는 품에서 카드를 꺼내 들어 다음 공연을 위해 준비해 둔 필살의 카드 마술을 선보였으며, 그간 저축해둔 돈으로 구입한 각종 소모성 마술 아이템을 마구 방출해 댔다.

그리하여 약 5분여가 지났을 때… 그의 품에는 더 이상 아무런 마술 도구도, 더 이상 보여줄 마술도 남아 있지 않았다.

모든 것을 다 써버린 마술사가 자리에 주저앉자… 그의 앞으로 기대에 찬 표정의 펭귄이 불쑥 얼굴을 내밀었다.

하나… 그에겐 더 이상 남은 게 없었다.

그는 초췌한 얼굴에 미소를 띠며 양손을 들어 올렸다.

펭귄의 눈앞에서… 두 손이 교차하고 엄지손가락이 사라졌다.

그리고 다시 교차하고… 엄지손가락이 나타났다.

펭귄이 흥분한 표정으로 엉덩이를 씰룩씰룩, 날개를 파닥파닥 움직였다.

주변의 관객들은 그런 펭귄을 보고 기뻐했다.

마술사는 다시 한 번 손가락을 들었고… 모두가 환호했다.

오늘 마술사는 타올랐다.

새하얗게······.

하얗게 타고 남은 재는 깊은 잔상이 되어 펭귄의 두 눈에 맺혔다.

그날 저녁.

용병 길드의 담벼락엔 턱시도를 입은 노숙자가 생겨났고, 잡화 상점에선 100년을 내려온 가보 겸 상품을 헐값에 팔아버린 사람이 술로 밤을 지새웠다.

〈『멋대로 라이프』제4권에서 계속〉

1판 1쇄 찍음 2016년 9월 1일
1판 1쇄 펴냄 2016년 9월 8일

지은이 | 진 솔
펴낸이 | 정 필
펴낸곳 | 도서출판 **뿔미디어**

기획 · 편집 | 문정흠 · 한관희

출판등록 | 2002년 9월 11일 (제1081-1-132호)
주소 | 경기도 부천시 원미구 소향로 17번길(두성프라자) 303호 (우) 14544
전화 | 032)651-6513 / 팩스 032)651-6094
E-mail | bbulmedia@hanmail.net
홈페이지 | http://bbulmedia.com

값 8,000원

ISBN 979-11-315-7402-7 04810
ISBN 979-11-315-7296-2 04810 (세트)